3 4028 10014 4279
HARRIS COUNTY PUBLIC LIBRARY

Sp Lawren
Lawrence, Kim,
Tormenta en los corazones /
$4.99   on1020465661

TORMENTA EN LOS CORAZONES
KIM LAWRENCE

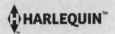

Editado por Harlequin Ibérica.
Una división de HarperCollins Ibérica, S.A.
Núñez de Balboa, 56
28001 Madrid

© 2010 Kim Lawrence
© 2018 Harlequin Ibérica, una división de HarperCollins Ibérica, S.A.
Tormenta en los corazones, n.º 2617 - 18.4.18
Título original: Stranded, Seduced... Pregnant
Publicada originalmente por Mills & Boon®, Ltd., Londres.
Este título fue publicado originalmente en español en 2011

Todos los derechos están reservados incluidos los de reproducción, total
o parcial. Esta edición ha sido publicada con autorización de Harlequin
Books S.A.
Esta es una obra de ficción. Nombres, caracteres, lugares, y situaciones
son producto de la imaginación del autor o son utilizados ficticiamente,
y cualquier parecido con personas, vivas o muertas, establecimientos
de negocios (comerciales), hechos o situaciones son pura coincidencia.
® Harlequin, Bianca y logotipo Harlequin son marcas registradas por
Harlequin Enterprises Limited.
® y ™ son marcas registradas por Harlequin Enterprises Limited y sus
filiales, utilizadas con licencia. Las marcas que lleven ® están
registradas en la Oficina Española de Patentes y Marcas y en otros
países.
Imagen de cubierta utilizada con permiso de Harlequin Enterprises
Limited. Todos los derechos están reservados.

I.S.B.N.: 978-84-9188-069-1
Depósito legal: M-3637-2018
Impresión en CPI (Barcelona)
Fecha impresion para Argentina: 15.10.18
Distribuidor exclusivo para España: LOGISTA
Distribuidor para México: Distibuidora Intermex, S.A. de C.V.
Distribuidores para Argentina: Interior, DGP, S.A. Alvarado 2118.
Cap. Fed./Buenos Aires y Gran Buenos Aires, VACCARO HNOS.

Capítulo 1

LEVANTANDO las tazas sobre su cabeza para evitar una colisión, Neve sonrió con gesto de disculpa a la mujer con la que había estado a punto de chocar y miró alrededor buscando a Hannah, que no estaba donde la había dejado.

El error había sido decirle: «no te muevas» antes de ponerse a la cola para conseguir un taza de chocolate caliente

Neve suspiró. ¿Cuándo iba a aprender?

Cualquier orden, por inocua que fuera, y Hannah haría exactamente lo contrario. Las posibilidades de que pasar juntas la Semana Blanca sirviera para unirlas un poco más habían sido poco realistas, pero en aquel momento le parecían risibles.

Neve miró entre la gente que llenaba el refugio de montaña, gente como ella que había allí para escapar de la tormenta. Y cuando miró por ventana emplomada sintió un escalofrío; la tormenta de nieve que había dejado en ridículo a los meteorólogos y detenido la mitad del país seguía golpeando con la misma fuerza que antes.

Metió la tripa para hacerle sitio a una persona que intentaba pasar a su lado y, por el rabillo del ojo, vio algo azul. Las mechas azules eran de su hijastra, que se había sentado en un banco de madera cerca de la ventana.

Neve respiró mientras se abría paso entre la gente y consiguió llegar al banco sin quemar a nadie con el chocolate caliente.

—Creí que te había perdido —Neve intentó sonreír mientras dejaba las tazas en el alféizar de la ventana y se quitaba el gorro, sacudiendo sus rizos pelirrojos.

La chimenea estaba encendida y se estaba bien allí, pensó, quitándose el chaquetón.

—He pensado que una taza de chocolate caliente nos animaría un poco. Y lleva nata.

Incluso ella se daba cuenta de que sus intentos por forjar cierta camaradería sonaban falsos y ligeramente desesperados.

Hannah parecía pensar lo mismo porque la miró con ese gesto de desprecio tan típico de los adolescentes antes de encogerse de hombros.

—¿Tú sabes cuántas calorías tiene una taza de chocolate? Deberías estar gorda como una vaca.

Muy bien, no había cese de hostilidades.

Neve se preguntó si engordar veinte kilos haría que su hijastra la odiase menos. Probablemente no. Además, sería muy difícil porque comiera lo que comiera no engordaba nunca. Habría cambiado su figura adolescente por unas curvas femeninas en un segundo, pero eso no iba a pasar.

Hannah se apartó un poco, como para evitar cualquier contacto con ella y Neve sacudió la cabeza.

—No te preocupes, seguro que tarde o temprano dejará de nevar.

Aunque no parecía que eso fuese a ocurrir pronto y hasta entonces estaban atrapadas allí. Pero había cosas peores, pensó. Podían haberse quedado atrapadas en el coche o en el monte Devon.

Hannah giró la cabeza. Los mechones azules responsables de que Neve hubiera sido llamada al colegio Devon bailaron a su alrededor.

Neve había acudido a la llamada de la directora y se había sentado en su despacho, con las manos elegantemente colocadas sobre el regazo, escuchando más como una alumna que como una adulta mientras la directora le hablaba de su preocupación por Hannah. Una preocupación que ella compartía.

—No es solo el pelo, señora Macleod, o los cigarrillos. Yo creo que esta situación requiere atención inmediata.

Preguntándose si notaría lo inadecuada que se sentía, Neve asintió con la cabeza, demasiado preocupada como para enfadarse por el tono condescendiente. Necesitaba toda la ayuda posible.

—Ha habido varios incidentes y, como usted sabe, no todos tan pequeños. Hemos tenido suerte de que los propietarios de la furgoneta de reparto no hayan presentado una denuncia. Imagino que sabrá que, de no ser por las tristes circunstancias de Hannah, eso habría significado la expulsión automática del colegio.

–Y le estamos muy agradecidas –Neve no le dijo que la «gratitud» de Hannah consistía en no abrir la boca y fulminarla con la mirada cada vez que volvía a casa.

–La actitud de Hannah es lo que más nos preocupa. Es muy agresiva con las demás niñas.

«Dígamelo a mí».

–Imagino que es algo temporal.

–Y sus notas han empeorado.

–Lo está pasando mal, quería mucho a su padre –dijo Neve.

–Sí, lo sé. Es muy triste perder a un padre e imagino que tiene que haber sido muy duro para las dos.

Neve se quedó horrorizada cuando empezaron a temblarle los labios. Y ella esperando dar una imagen serena y madura...

La simpatía en el tono de la directora había roto el escudo protector que los rumores y las cámaras de los paparazis no habían conseguido romper.

Neve sacó un pañuelo del bolso y se sonó la nariz.

–Gracias.

Simpatía no era algo a lo que ella estuviera

acostumbrada desde que las revistas empezaron a describirla como una buscavidas fría y avariciosa que se había casado con un moribundo por su dinero. Y la habían apodado «la viuda alegre».

Podría haber sido peor, solía bromear su hermano Charlie, podrían haberla llamado «la viuda negra».

En principio, algunas personas parecían dispuestas a concederle el beneficio de la duda, pero cuando un periodista descubrió que Charlie había estafado dinero a la empresa de James, esas personas desaparecieron.

Neve no había intentado defenderse. ¿Cómo iba a hacerlo? La verdad era que se había casado con un moribundo y que Charlie había estafado una pequeña fortuna.

Nadie quería creer que ella no había tocado el dinero o que había aceptado la proposición de James como agradecimiento por lo bien que se había portado siempre con Charlie y con ella.

–Y hemos hecho todo lo posible por Hannah – seguía diciendo la directora–. Pero hay un límite. Los niños necesitan límites, señora Macleod.

Neve aceptó la poco sutil reprimenda pensando que los límites solo servían de algo si el niño en cuestión estaba dispuesto a escuchar. Y si ella tuviera la autoridad que tenía la directora del colegio, no habría ningún problema.

–Tengo la impresión de que Hannah ve esta expulsión temporal como una broma. ¿Puedo hacer una sugerencia?

–Sí, por supuesto.

–¿Va a pasar la Semana Blanca esquiando con la familia Palmer?

Neve asintió con la cabeza, pero tenía la impresión de que su vida iba a complicarse en un segundo.

Y así fue. La respuesta de su hijastra a la noticia de que iba a pasar las vacaciones en casa con ella y no esquiando con su amiga fue la que Neve había temido: gritos, insultos y, por fin, silencio total.

Se había convertido en el enemigo número uno. Bueno, en eso no había ningún cambio. Ella era para Hannah la causa de todos los males que en el mundo eran, de todos los problemas que había tenido en su vida. La responsable de todo, incluido el mal tiempo.

Debía de estar haciendo algo mal, pensó.

¿Que había dicho James?

«A los veintitrés años, tú no has olvidado lo que es ser una adolescente».

No, pero ella nunca había sido una adolescente como Hannah.

«No te estoy pidiendo que seas su madre, Neve, pero sí su amiga. Mi hija necesita una buena amiga».

Ella no compartía el optimismo de James. Pero, aunque no había esperado que Hannah la viese como una amiga, tampoco había anticipado que la odiase a muerte.

Era agotador y muy deprimente.

Tal vez la relación era tan difícil por culpa del dinero que James le había dejado en su testamento. Ella había tenido que aceptarlo, pero eso se volvió en su contra incluso antes de que la prensa se hiciera eco de la noticia.

Hannah siempre la había considerado una buscavidas y el dinero había confirmado sus sospechas.

Neve se sentía fatal, pero la verdad era que no estaba cualificada para cuidar de una adolescente. No sabía por qué había aceptado casarse con James.

—No estoy preocupada, estoy aburrida. De ti –le espetó en esos momentos Hannah, en caso de que no hubiera entendido el mensaje.

—Tengo algunas cosas interesantes planeadas para las vacaciones. Podríamos ir de compras y tal vez, si te apetece…

—Gracias pero yo no voy a tiendas de segunda mano –la interrumpió su hijastra–. Por cierto, el rosa no pega nada con ese pelo de color zanahoria –añadió, señalando el jersey y los rizos de Neve.

Neve, que era la propietaria de una tienda de ropa vintage, se negó a sentirse ofendida. Además, la crítica era, hasta cierto punto, válida. Antes de su matrimonio, ella compraba en tiendas de segunda mano y tenía lo que los amigos más amables llamaban un estilo «especial» y los menos amables «raro».

Aunque su estilo no había cambiado después de su matrimonio. James había insistido en darle tarjetas de crédito y una generosa pensión mensual, pero a ella le incomodaba aceptar el dinero. Al fin y al cabo, el suyo solo era su matrimonio de nombre.

—La ropa vintage se lleva mucho, ¿no lo sabías?

Era cierto, su negocio iba viento en popa.

—Eso no se ha llevado nunca —replicó Hannah, señalando su jersey.

—¿Ah, no? Bueno, a lo mejor podrías ayudarme a elegir lo que debo ponerme.

—Mira, aquí no hay nadie para quien tengas que hacerte la santa, así que déjalo. Todo el mundo sabe por qué te casaste con mi padre.

—Yo apreciaba mucho a tu padre, Hannah.

—Apreciabas su dinero. ¿O vas a decirme que te casaste con él por amor?

—Tu padre era una persona estupenda.

—¡Y tú eres una aprovechada que solo busca dinero!

Lo había dicho tan alto, que la gente de la mesa de al lado se volvió para mirarlas. Y, mientras Hannah se levantaba del banco, Neve solo deseó que se la tragase la tierra.

Cuando quedó claro que solo un milagro haría que llegase a tiempo a la reunión, Severo se lo tomó con filosofía. La posibilidad de tener que pasar la noche en el cuatro por cuatro no era agradable pero, en su opinión, era un inconveniente más que un desastre.

Estaba tomando una curva en ese momento y masculló una palabrota cuando tuvo que pisar el freno a toda prisa para no chocar con un coche que estaba en medio de la carretera.

Suspirando, bajó del cuatro por cuatro y, agachando la cabeza para evitar el viento y la nieve, se acercó al coche abandonado. Estaba cerrado, de modo que los ocupantes debían haber buscado refugio en algún sitio.

Seguir viajando en esas condiciones era un riesgo innecesario. Según el último boletín meteorológico, la mitad del país estaba cubierta de nieve, y la policía rogaba a los automovilistas que se quedaran en casa.

Pero para quedarse en casa uno tenía que llegar a casa antes, pensó.

Diez minutos después, vio un refugio de montaña. Y, a juzgar por la cantidad de coches que había en el aparcamiento, él no era el único que había decidido parar allí.

Iba a salir del coche cuando sonó su móvil y, al ver el número de su madrastra en la pantalla, Severo estuvo a punto de no contestar. La última vez que se puso en contacto con él fue para decirle que la habían detenido por robar en unos grandes almacenes.

Y en una ocasión que no contestó al teléfono,

su madrastra consiguió el dinero que iba a pedirle a él vendiendo una joya familiar que no era suya.

Livia era agotadora, pero ignorarla era muy peligroso.

Cuando él era un crío y Livia disfrutaba enfrentando a padre e hijo, Severo se había consolado a sí mismo con pensamientos vengativos.

Ahora podría vengarse, pero sus prioridades habían cambiado. Su padre estaba en un sitio donde la buscavidas de su mujer ya no podía hacerle daño y lo único que podía hacerle a él era avergonzarlo. Bueno, a él no, a su familia.

A él ya no lo avergonzaba nada. Y en cuanto a la honra del apellido, Severo pensaba que con menos orgullo, menos romanticismos sobre triunfos pasados y menos miedo de ensuciarse las aristocráticas manos trabajando, los cofres de la familia Constanza seguirían intactos.

La verdad era que había perdido el deseo de vengarse. No porque la hubiese perdonado o porque le diese pena. Aunque Livia, que una vez había sido una de las mujeres más elegantes de Londres, se había convertido en objeto de pena para muchos.

¿Para qué malgastar energía cuando ella misma estaba destrozando su vida sin ayuda de nadie? Lo único que quería era alejarse de Livia todo lo posible, que se quedara en una de esas clínicas de rehabilitación que visitaba tan frecuentemente.

–Dime, Livia.

Severo apartó el móvil de su oreja, haciendo una mueca al escuchar la chillona voz de su madrastra, que lo acusaba de no tener sentimientos.

–¿Cómo voy a vivir con la miseria de pensión que me pasas? ¡Tú tienes más dinero del que necesitas! –se quejó amargamente–. Todo lo que tocas se convierte en oro.

Severo se pasó una mano por la cara y siguió fingiendo escuchar mientras pensaba en otra cosa. Era la charla de siempre y una que no cambiaba le diese el dinero que le diese. ¿Pero cuál era la alternativa?

–Solo sería un préstamo.

Él suspiró. Había habido muchos préstamos y no tenía la menor duda de que habría muchos más.

–Te lo devolveré, con intereses. Sé que eso es lo que tu padre hubiera querido y… –la comunicación se cortó y Severo guardó el móvil en el bolsillo.

Volvería a llamar, no tenía la menor duda.

Estaba llegando a la entrada del refugio cuando una mujer salió a toda velocidad, tropezando con él. No llevaba abrigo ni gorro, como si no notase el frío polar que llegaba de las montañas. Solo unos vaqueros y un jersey de color rosa con margaritas.

–¿La ha visto?

–¿Perdón?

Tenía el pelo rojo y los ojos enormes, azules, tan azules que, por un momento, se quedó como hipnotizado.

La joven lanzó un grito al ver que un coche salía del aparcamiento.

—¡Oh, no, Dios mío!

Aunque Severo no era un hombre dado a ayudar a damiselas en apuros, casi sin darse cuenta se volvió para preguntar si podía ayudarla.

Pero no pudo hacerlo porque la pelirroja subió a un coche y arrancó a toda velocidad. Y él tardó unos segundos en darse cuenta de que los faros que se alejaban eran los de su cuatro por cuatro.

¡Había dejado las llaves puestas!

Y dentro del coche había un ordenador que contenía información financiera de carácter privado. Se había quedado mirando como un tonto mientras alguien le robaba el coche, hechizado por un par de ojos azules…

Severo cerró los suyos mientras se llamaba de todo, pero como eso no servía de nada, decidió entrar en el refugio.

Capítulo 2

LAS conversaciones y las risas cesaron cuando Severo entró en el refugio, inclinando la cabeza para no golpearse con el quicio de la puerta.

La mayoría de los que estaban allí iban en vaqueros o con ropa informal, pero él parecía un modelo de una revista para ejecutivos… siempre que esos ejecutivos tuvieran el perfil de un dios griego y el cuerpo de un remero olímpico.

La única señal de que acababa de atravesar una tormenta era la nieve que llevaba en el pelo y en el cuello del abrigo de cachemira. Sus ojos oscuros, rodeados de largas pestañas, recorrieron la estancia antes de dirigirse a la barra.

Y las conversaciones se reanudaron mientras la gente se apartaba automáticamente a su paso.

–Me acaban de robar el coche –le dijo al encargado–. Una mujer, una pelirroja.

–Pues con esta tormenta no creo que llegue demasiado lejos. Y me temo que nosotros no podemos hacer nada –dijo el hombre con lo que a Severo le pareció una sonrisa muy poco apropiada en esas circunstancias–. ¿Había algo de valor en el coche?

Severo negó con la cabeza. ¿Para qué iba a contarle la verdad? Llevaba el pasaporte, las tarjetas de crédito y, sobre todo, un ordenador con información sobre una fusión comercial que sus rivales considerarían si no fabulosa, sí de gran valor.

–Pues ha tenido suerte. ¿Dice que era pelirroja?

–Así es.

–Tal vez alguien la conozca pero, como ve, aquí hay mucha gente –el encargado golpeó la barra con la mano para llamar la atención de los clientes–. ¿Alguien ha visto a una pelirroja?

No fue una sorpresa para Severo que varios hombres dijeran haberse fijado en ella porque la ladrona de coches no era una mujer que pasara desapercibida. Pero, lamentablemente, nadie sabía quién era.

–No puedo ofrecerle habitación, pero la chimenea está encendida y tenemos mantas y una despensa llena.

Severo, que no compartía la actitud relajada del encargado, propietario del refugio o lo que fuera, negó con la cabeza cuando el hombre sacó una botella de whisky.

–No creo que haya ido muy lejos con esta tormenta. Pero mañana, cuando hayan limpiado las carreteras…

–Deberíamos informar a las autoridades.

—Las líneas telefónicas están cortadas y no hay cobertura para los móviles. Tome algo, no puede hacer otra cosa.

Severo aceptó un café, pensativo. Tenía que haber alguna otra opción.

—Esos esquíes que he visto en la puerta, ¿de quién son?

El hombre señaló un grupo de jóvenes.

—Son estudiantes, de Aviemore.

Luego sugirió, de broma, que reuniese un grupo de gente para ir a buscar a la pelirroja. Y, aunque era una broma, le dio una idea.

Quince minutos después, resistiéndose a los intentos de convencerlo para que no lo hiciera, Severo se ponía unos esquíes y cambiaba su abrigo de cachemira por el grueso chaquetón de uno de los estudiantes.

Seguía nevando, pero el viento había amainado un poco, de modo que tomó la carretera, siguiendo la dirección en la que su coche había desaparecido.

Y habría pasado de largo sin ver el vehículo abandonado si no se hubiera detenido un momento para mirar el horizonte. La luz de un faro medio enterrado en la nieve llamó su atención y, un segundo después, comprobó que era su coche. Volcado en el arcén.

La puerta estaba abierta, pero la ladrona había desaparecido, demostrando que era estúpida y suicida, además. Con aquella nevada, cualquier persona con dos dedos de frente se habría quedado dentro del coche.

Sus cosas seguían en el interior, afortunadamente, y lo más sensato sería tomarlas y volver al refugio. Aquella loca no era responsabilidad suya. Y si acababa en la estadística de muertos debido a la tormenta sería problema suyo. Claro que él moriría de culpa pensando que podría haberla salvado.

Tras un breve debate interno, Severo suspiró, resignado. No le gustaría nada que la gente sospechase que tenía conciencia.

Después de una rápida mirada alrededor descubrió huellas en la nieve, de modo que la ladrona no estaba muy lejos.

Neve hacía un esfuerzo por seguir adelante, pero estaba asustada. El paisaje blanco se había tragado todos los sonidos salvo sus propios jadeos. No le quedaba energía y estaba muerta de frío, pero la desesperación y el miedo la obligaban a seguir adelante.

–Me gusta la nieve –murmuraba para sí misma–. Me encanta la nieve.

Si algún día tenía nietos los aburriría de muerte con aquella historia. Aunque una historia que empezaba con «el día que la abuela robó un coche» podría no ser un gran ejemplo.

Neve tropezó en la nieve y creyó que no le

quedaban fuerzas para levantarse. Descansaría un momento, pensó, y luego se levantaría porque, si no lo hacía, no habría nietos a los que contarles la historia.

Se levantaría porque James había confiado en ella y no podía defraudarlo.

Casi podía escuchar su voz...

–Tengo que pedirte un favor, Neve.

–Cualquier cosa –había dicho ella.

James Macleod había sido compañero de universidad de su padre y por eso le había dado un puesto de trabajo a Charlie. Pero su hermano le había devuelto el favor estafando a sus clientes para seguir jugando en el casino.

Sabiendo que estaban a punto de descubrirlo, Charlie, que pensaba huir del país, se lo había confesado todo. Y Neve, angustiada, había ido a hablar con James para suplicarle que no llamase a la policía.

Afortunadamente, James no lo hizo. Al contrario, ocultó el robo con su propio dinero, poniendo como única condición que Charlie buscase ayuda para su problema.

De modo que Neve no iba a negarle ningún favor.

–Cásate conmigo.

Ningún favor salvo ese.

–Te ha sorprendido.

–No, no –mintió Neve, atónita. Nada en el trato de James la había hecho pensar nunca que la viera de ese modo y ella jamás lo había considerado como un posible pretendiente–. Es muy amable por tu parte, pero…

–No me quieres, lo sé. Tengo edad suficiente para ser tu padre.

–No es eso, es que…

–Nuestro matrimonio no sería permanente, Neve. Sí, sé que suena extraño, pero confía en mí. No digas nada todavía, deja que te explique –James dejó escapar un suspiro–. Verás, la cuestión es que… ha vuelto.

Neve supo inmediatamente que se refería a la enfermedad contra la que llevaba años luchando.

–Y esta vez el diagnóstico no es bueno. Tengo dos meses de vida como máximo… no llores, Neve. He tenido tiempo para acostumbrarme a la idea y, si quieres que te diga la verdad, estoy muy cansado. Mi única pena es dejar a Hannah. Mi hija se quedará sola y es tan joven que podría convertirse en objetivo para gente interesada solo en su dinero. Cuando yo muera, Hannah lo heredará todo, pero si nos casamos, tú te convertirás en su tutora legal. Sé que puedo confiar en ti y sé que tú la protegerás.

Los ojos de Neve se llenaron de lágrimas.

–Y mira cómo estoy protegiéndola –murmuró, golpeando la nieve con el puño–. Venga, no seas patética. Levántate de una vez.

Tuvo que apretar los dientes para luchar contra el deseo de cerrar los ojos y quedarse allí. Se tumbó de espaldas, pero el esfuerzo la dejó agotada y cuando estaba intentando reunir fuerzas le pareció escuchar un grito... sí, era un grito, no el viento. Alguien estaba gritando.

–¡Aquí! –consiguió responder, casi sin voz–. ¡Estoy aquí!

Cuando logró sentarse en la nieve vio una sombra a unos metros de ella.

–¿Hannah?

Pero no, no era una chica sino un hombre muy alto... con esquíes. Un hombre que, por la velocidad a la que iba, sabía lo que estaba haciendo.

No era Hannah, pensó, pero sí alguien que podía ayudarla a encontrarla.

El hombre estaba a punto de pasar a su lado sin verla y, con el corazón encogido, Neve empezó a gritar y a mover los brazos para llamar su atención hasta que, por fin, el hombre pareció fijarse en ella.

Casi llorando de alivio, abrió la boca para avisarlo de que había una pendiente, pero el hombre estaba quitándose los esquíes para hacer los últimos metros caminando. Al contrario que ella, no iba resbalando y tropezando sino moviéndose con la gracia de una pantera.

–No se puede imaginar cuánto me alegro de verlo.

Él podría alegrarse también o sentirse aliviado,

pero Neve no tenía manera de saberlo porque su rostro estaba oculto bajo un pasamontañas negro. Lo único que podía ver eran sus ojos oscuros.

Sin decir una palabra, el extraño alargó una mano enguantada y Neve se agarró a ella como a un salvavidas.

—Muchísimas gracias —tenía que inclinar la cabeza hacia atrás para mirarlo a la cara. Y mucho porque el hombre era muy alto—. ¿Ha visto a alguien por aquí, una chica de catorce años? Tiene el pelo oscuro y lleva un chaquetón rojo.

—No.

—Pero tenemos que encontrarla.

—¿Encontrar a quién?

—¿A quién? —repitió Neve, sorprendida—. A Hannah. Tiene catorce años y...

—¿También es pelirroja? —la interrumpió él, quitándose el chaquetón para ponerlo sobre sus hombros.

—No, es morena y lleva un chaquetón rojo. Pero no es muy grueso y... no hace falta que me deje el suyo. Se lo agradezco, pero no puedo dejar...

—No le he pedido permiso.

—Pero usted tendrá frío.

Cuando empezó a quitárselo, Severo la tomó por los hombros. Aquel no era momento para tacto o diplomacia. ¿La mujer que le había robado el coche se negaba a aceptar un simple chaquetón?

Lo que necesitaba, en su opinión, era ir a un psiquiatra. Y él también por estar allí.

–Me encantaría quedarme charlando con usted, pero no tenemos tiempo. Y, para su información, no estoy siendo caballeroso, sino práctico. Yo llevo un jersey grueso y usted no.

Aunque el frío se le colaba hasta los huesos.

Y el frío aumentaba al pensar en lo que podría haberle ocurrido de no haberla encontrado. ¿Cuánto tiempo habría aguantado con ese frío… una hora, menos?

–Va vestida para dar un paseo por la ciudad, no para estar en plena montaña. Las personas como usted, sin respeto por la naturaleza y los elementos, siempre esperan que otros arriesguen sus vidas para salvarlos.

–¿De qué está hablando? –exclamó Neve.

–Déjelo, estamos perdiendo el tiempo.

–Tiene razón. Creí que había llegado a una zona alta desde la que podría ver la carretera…

–Tenemos que buscar un refugio, no una zona alta.

–No, tenemos que buscar…

–¿Buscar qué? –la interrumpió Severo.

–A Hannah –dijo ella.

–¿Quién es Hannah?

–¿No la ha visto? Si viene de la carretera tiene que haberla visto.

–No he visto a nadie –Severo hizo un esfuerzo para controlar su impaciencia–. Y no vamos equipados para organizar una expedición de rescate.

Un poquito tarde para darse cuenta de eso. Además, la tal Hannah podría ser un invento de la pelirroja. Y si no lo era, esperaba que hubiese encontrado refugio en algún sitio. Si seguían allí mucho más tiempo acabarían en la lista de muertos por la tormenta.

—Esa mujer, si existe, tendrá que cuidar de sí misma.

—¡No es una mujer, es una niña! Tenemos que…

—¿Tenemos?

Neve hizo una mueca al darse cuenta de que el hombre no iba a ayudarla.

—Muy bien, no se preocupe, lo haré yo sola. Por favor, informe a las autoridades de que se ha perdido una niña de catorce años… si no es mucha molestia.

—Puede contárselo usted misma cuando volvamos al refugio.

—¿Es que no lo entiende? No puedo volver, no puedo dejar a Hannah sola… tengo que encontrarla.

—Lo que tenemos que hacer es encontrar un refugio lo antes posible.

Aunque no sería tan fácil como había pensado porque la tormenta golpeaba con más fuerza que antes. Media hora más y se habría hecho de noche, de modo que lo mejor sería volver al coche abandonado, así al menos estarían a salvo de los elementos.

Pero ni siquiera volver sobre sus pasos sería fácil porque la nieve había borrado sus huellas. Él tenía buen sentido de la orientación, pero en esas condiciones sería muy fácil desorientarse.

–No, no –dijo ella, apartándose cuando volvió a agarrarla del brazo–. Usted no lo entiende, yo…

–Puede que usted quiera morirse de frío, pero yo no.

–Pues muy bien, márchese. Yo no pienso moverme de aquí.

Severo la miró y en aquel momento, cuando todos sus sentidos deberían estar concentrados en sobrevivir, no pudo dejar de pensar en lo guapa que era.

Pero tenían que buscar un refugio a toda prisa, no había tiempo para tonterías.

–¿Qué está…? –Neve lanzó un grito cuando el extraño se la colocó al hombro–. ¡Suélteme ahora mismo!

Él lanzó un gruñido cuando le dio la primera patada, pero no dijo nada. Siguió caminando, con la cabeza agachada para evitar el viento.

Capítulo 3

SEVERO depositó su carga en el suelo.

—¿Se encuentra bien?

Parecía más irritado que preocupado y Neve le dio un manotazo cuando intentaba sujetarla. ¿Si se encontraba bien? Qué mala suerte que la rescatase precisamente él... ¿o la había secuestrado? Un hombre de pocas palabras y todas ellas estúpidas.

—¡No, no me encuentro bien!

La había llevado al hombro como un saco de patatas contra su voluntad. Estaba dolorida, helada y, sobre todo, muerta de miedo por lo que pudiera haberle pasado a Hannah.

Pero, respirando profundamente, se dijo a sí misma que ella no era una cobarde. Podía tener tendencias cobardicas, pero no era una cobarde.

Severo movió los hombros doloridos, percatándose del esfuerzo que hacía aquella mujer para no desmoronarse. La pelirroja podía ser tonta, pero era valiente.

—Está viva, así que deje de quejarse.

—No sé quién cree que es... —Neve no terminó

la frase al darse cuenta de que no sabía quién era o qué era salvo grosero, insensible y egoísta. Y muy fuerte. Después de quince minutos llevándola al hombro sobre la nieve debería estar agotado, pero no lo parecía. Ni siquiera respiraba con dificultad.

–¿Quién es usted?

–El hombre que le ha salvado la vida. Puede darme las gracias más tarde, cuando le cuente la historia de mi vida.

–Un nombre sería suficiente y yo no le he pedido que me salvara –replicó Neve–. No necesitaba que me salvase.

Él sonrió, irónico, mientras sacaba el móvil del bolsillo.

–Ya, me di cuenta de que tenía la situación totalmente controlada.

–¿Hay cobertura?

–No.

Suspirando, Neve miró alrededor. Aquel no era momento de deprimirse. A unos metros de ellos veía luces y si había luces habría gente.

–¿Qué es ese sitio?

Necesitaba pedir ayuda urgente. Claro que el equipo de rescate ya habría salido si se hubiera parado a pensar antes de subir a ese coche y Hannah estaría a salvo… Neve sacudió la cabeza, angustiada.

Encontraría a Hannah como fuera.

–No lo sé, parece una casa. En cualquier caso, es un refugio.

Severo se preguntaba si aquella mujer sabía el

peligro que había corrido. Por su actitud, no parecía tener ni idea.

Afortunadamente para ella, él parecía haber desarrollado una repentina fascinación por el pelo rojo y los ojos azules.

–Con un poco de suerte, los de la casa no serán de los que solo quieren salvar su pellejo. Al contrario que otros.

–¿Le importaría dejar de insultarme hasta que estemos a salvo? Los cobardes no entablamos conversación en medio de una tormenta. Y no intente correr porque iré a buscarla.

–¿Me está amenazando? –exclamó Neve. Le castañeteaban los dientes de frío, pero no pensaba dejar que aquel grosero la tratase de esa forma.

–Tómeselo como quiera.

Unos minutos después, llegaban a la casa. Podía ver luz tras el cristal emplomado de la puerta y Severo la golpeó con el puño varias veces. Cuando no recibió respuesta, siguió golpeando y llamando al timbre. Hizo ruido suficiente para despertar a los muertos, pero nadie salió a abrir. O eran sordos o no tenían intención de abrirle la puerta a un extraño.

Daba igual. Si estaba asustando a alguien, se disculparía más tarde. No necesitaba un termómetro para saber que la temperatura había descendido y su prioridad era entrar en la casa antes de que la situación empeorase.

Claro que no sabía cómo podía empeorar la situación si estaba en medio de una tormenta de nieve con una loca que robaba coches y luego se perdía en medio del campo.

El chaquetón le llegaba por las rodillas y tenía un aspecto frágil, vulnerable. Era la clase de mujer que despertaba el instinto protector en los hombres… o al menos los que no habían sufrido sus patadas.

Él no era uno de esos hombres. Le había pateado bien. Menos mal que, afortunadamente, no llevaba botas, sino unos zapatos totalmente inadecuados para andar por la montaña.

—¡Quédese ahí! —le gritó, antes de dar la vuelta al edificio. Estuvo a punto de no ver una puerta lateral, casi por completo oculta por la nieve, pero un rápido vistazo le dijo que no era tan gruesa como la puerta principal. Estaba teniendo suerte y ya era hora, pensó, mientras empezaba a apartar la nieve.

—¿No le había dicho que no se moviera?

Era increíble. El tipo ni siquiera se había dado la vuelta. Parecía tener ojos en la nuca, pensó Neve.

—Sí, me lo ha dicho —contestó, disimulando un escalofrío cuando metió las manos en la nieve.

—¿Se puede saber qué está haciendo?

—Ayudarlo.

Al menos no había salido corriendo en dirección contraria, pensó él, conteniendo un suspiro de irritación. Cuando iba a apartar sus manos comprobó que tenía las muñecas muy delgadas y los dedos azules.

Pero no tan azules como sus ojos. Claro que nada era tan azul como esos ojos.

Irritado con ella, y consigo mismo, cubrió sus

manos con la mangas del chaquetón antes de reto-
mar la tarea de apartar la nieve.

–No se mueva. Y no saque las manos de las
mangas.

–Soy perfectamente capaz de…

–Ya sé de lo que es capaz.

–Solo intento ayudarlo.

Cualquier otra persona se sentiría agradecida,
pero aquel hombre era un ogro.

–No me ayudará si se le congelan las manos.

En eso tenía razón, pensó Neve, que ya no sentía los dedos. ¿Llevaría Hannah puestos los guan-
tes?, se preguntó. Imaginó a su hijastra perdida en
la nieve, a merced de los elementos, y el miedo se
le agarró a la garganta.

–¿Qué puedo hacer entonces? Tengo que hacer
algo, no puedo quedarme mirando.

–Pues creo que sería lo más seguro.

Afortunadamente, tardó solo dos minutos en
apartar la nieve que tapaba la puerta y luego miró
alrededor, buscando un objeto contundente. Al
contrario que el cristal de la puerta principal, el de
aquella no parecía muy grueso.

Severo encontró una piedra.

–Dese la vuelta y tápese la cara.

–¿Va a romper el cristal?

–Ah, ya veo que va en contra de sus conviccio-
nes. Un poco hipócrita, ¿no le parece?

Tan críptico comentario dejó a Neve boquiabierta. Debía estar loco, pensó.

–¿No podría llamar de nuevo? A lo mejor ahora nos oyen.

–O podríamos volver mañana –dijo él, sarcástico. Pero cuando puso la mano en el pomo, la puerta se abrió–. Bueno, parece que al final no hemos tenido que romper nada.

Estaban en un cuarto de lavar o algo así, con una encimera de acero y varios armarios. Severo buscó el interruptor con la mano y parpadeó varias veces cuando la habitación se llenó de luz.

–¿Viene o no?

Tenía dos opciones: morirse de frío o aceptar la invitación. Neve entró en la casa, pensando que a él no parecía importarle que eso fuera allanamiento de morada.

Tal vez había estado en situaciones similares, pensó. Y parecía un hombre con muchos recursos. Seguramente se negaría a volver a salir para buscar a Hannah, pero tal vez si le ofrecía dinero…

Bueno, con su ayuda o sin ella, pensaba salir a buscar a Hannah en cuanto hubiese entrado en calor. No lo necesitaba.

Bajo la tormenta, su estatura y su formidable presencia le habían parecido consoladoras, aunque no quisiera reconocerlo. Pero en aquella habitación su presencia le parecía opresiva. No sabía si era guapo, feo o normal, pero con un cuerpo como el suyo era imposible que pasara desapercibido.

–¿Qué?

–He dicho que cerrase la… –el hombre dio un

paso adelante y Neve dejó escapar un gemido sin darse cuenta de que solo iba a cerrar la puerta.

–¿Qué le pasa?

–Nada –murmuró ella, avergonzada.

Pero no porque hubiera sentido miedo, sino porque sentía el extraño impulso de apoyarse en ese torso tan ancho. Cuanto más tiempo permanecía cerca de ella, proyectando una especie de campo magnético, más difícil era resistirse a esa extraña compulsión.

–¿Qué pensaba que iba a hacer?

Neve sacudió la cabeza. ¿Qué iba a decir: «pensé que iba a besarme»?

Atónita por tal pensamiento, dejó escapar un suspiro de alivio cuando él se apartó.

–Relájese, está a salvo conmigo –dijo él, burlón.

–Me alegro.

–Admito que es usted más guapa de lo que había pensado, pero ahora mismo, *cara*, no va a volver loco de pasión a ningún hombre, se lo aseguro.

A ningún hombre cuerdo, pero Severo empezaba a dudar de su cordura.

La cuestión no era que le pareciese guapa, sino por qué demonios estaba allí. Él valoraba la sensatez y se enorgullecía de su buen juicio, pero solo un loco arriesgaría su vida en medio de una tormenta de nieve.

Capítulo 4

EL salón era una zona amplia dominada por una estufa de leña a un lado y una cocina ultramoderna al otro.

Severo había pensado que las luces estaban puestas en automático para evitar a los ladrones, pero sobre la mesa vio el periódico de la mañana, de modo que alguien había estado allí ese mismo día.

–No podemos entrar en una casa que no es nuestra y tocarlo todo –lo regañó Neve al ver que levantaba un ordenador portátil.

Severo cerró la tapa y se volvió para mirarla, pensando en lo irónico que era su repentino respeto por la propiedad de los demás.

–¿Y qué sugiere que hagamos, apretar la nariz contra los cristales mientras nos helamos de frío?

–No, pero tampoco me parece bien lo que estamos haciendo –contestó ella, agarrándose al respaldo de un sillón. Nunca había perdido el conocimiento, pero se sentía tan mareada, que temía estar a punto de hacerlo.

–Es mejor que morirse de frío. Siéntese –dijo él al verla tan pálida–. Y respire despacio.

Su serenidad la ayudó a recuperarse y, afortunadamente, en unos minutos el mareo había pasado. Pero cuando iba a decírselo, vio que él estaba mirando hacia la galería del piso de arriba.

–¿Ha oído algo?

–No, nada. ¿Se encuentra mejor?

–Sí, estoy mejor. El teléfono…

–No funciona.

No podía ser una sorpresa, pero la pelirroja hizo una mueca, como un niño al que le hubieran quitado un helado de la mano.

Aquella chica no debería jugar al póquer.

Las mujeres que él conocía rara vez decían lo que pensaban de verdad. En general, usaban métodos menos directos para conseguir lo que querían, de modo que estar con alguien tan directo, alguien cuyo estado ánimo se reflejaba en su cara, era una novedad.

Pero sin duda se cansaría de la novedad, como se cansaría de esos ojos tan azules.

–Parece que el propietario se marchó a toda prisa –observó, señalando los platos que había sobre la mesa.

Neve lo miró mientras se dirigía al pie de la escalera.

–¿Hay alguien ahí? ¿Hola?

Silencio.

–Al menos la estufa está encendida –murmuró, estudiando el termostato de la pared antes de ponerlo al máximo–. ¿Cómo se llama? –le preguntó entonces.

–Neve Gray... no, Macleod.

–Piénselo bien y dígamelo cuando se haya decidido.

–Neve Macleod –repitió ella, irritada.

–Muy bien, Neve. Supongo que podremos tutearnos, ¿no? Yo voy a mirar arriba, tú quítate esa ropa mojada.

No era una sugerencia, era una orden. Aquel hombre parecía acostumbrado a darlas y seguramente todo el mundo saltaba cada vez que chasqueaba los dedos.

Pero cuando se volvió, Neve no se había movido. Primero, porque quitarse la ropa cuando estaba helada no serviría de nada, pero sobre todo porque no tenía energía para hacerlo.

–Aquí no hay nadie –dijo él, quitándose el pasamontañas–. Aunque hay cajones abiertos en el dormitorio, de modo que debieron salir a toda prisa. Y creo que tengo una teoría sobre tan repentina desaparición.

Neve no le preguntó por su teoría. En realidad, apenas lo escuchaba. Se había quedado atónita al ver las facciones que antes estaban escondidas bajo el pasamontañas. Nunca en su vida habría pensado que un hombre pudiera ser «bello», pero aquel lo era. Era total, absolutamente perfecto.

Guapísimo pero nada femenino. Al contrario, exudaba una sexualidad totalmente viril, desde la sensual curva de su boca a las arqueadas cejas oscuras.

Neve contuvo el aliento mientras lo miraba, fascinada por los altos pómulos, la nariz aquilina. Sus ojos, lo único que había podido ver mientras llevaba el pasamontañas, eran solo ligeramente más claros que las largas y negras pestañas que los rodeaban.

Era alto, impresionante, y emitía un magnetismo sexual crudo que había notado incluso cuando tenía la cara tapada.

—Ven, acércate a la estufa. Sigues temblando.

Neve sacudió la cabeza al escuchar su voz, como si saliera de un trance.

—Estoy bien.

Ella nunca se había interesado particularmente por los hombres guapos y aquel no era el mejor momento para descubrir que sí le gustaban.

«Cálmate, Neve. Sí, es guapísimo, pero lo importante es el interior».

Especialmente si el interior estaba en un cuerpo tan impresionante como aquel.

Neve bajó la mirada, esperando que él no se hubiera dado cuenta de que lo miraba.

—¿Bien? Eso sí que es una sorpresa. Considerando lo rico que es tu idioma, tu vocabulario parece un poco limitado.

—Es que tengo frío.

—No tengo mucha experiencia médica a excepción de un curso de Medicina, pero yo diría que los labios no deberían ser azules.

Neve se llevó una temblorosa mano a los labios.

—Ya he dicho que tengo frío.

–Yo tengo frío, tú estás a punto de morir de hipotermia. Y nos llevaríamos mejor si dejases de hacerte la fuerte –observó él, con gesto aburrido.

–Yo no quiero «llevarme mejor» contigo.

Suspirando, él arrastró un sillón para ponerlo delante de la estufa y la sentó en él. No lo hizo bruscamente, pero tampoco con mucha delicadeza.

Después, se puso en cuclillas y empezó a quitarle el chaquetón, cubierto de nieve.

Neve intentó protestar cuando tiró del jersey pero, como había imaginado, no sirvió de nada.

–Puedo hacerlo yo sola.

–¿Vas a dejar de quejarte?

Cuando le quitó el jersey descubrió que era más delgada de lo que parecía a primera vista, pero con unas curvas sorprendentemente generosas y en perfecta proporción con su delicada figura.

–¿No dejas nunca de dar órdenes?

–Algunos nacen para ser líderes, otros para seguir, preferiblemente en silencio.

Aunque la pelirroja tenía una bonita voz, tuvo que reconocer.

–Y supongo que esos líderes natos son todos hombres, claro –replicó Neve, que empezaba a hartarse de su actitud.

Bajo el jersey, llevaba una camiseta blanca de tirantes, mojada también, bajo la que podía ver el encaje del sujetador y la sombra de sus pezones.

Fue el último detalle lo que llamó la atención de Severo. Tanto, que no podía apartar la mirada.

Sorprendido, respiró profundamente para alejar aquellos pensamientos de su mente, pero junto con el oxígeno que necesitaba le llegó su perfume, de modo que no sirvió de nada.

–Relájate, *cara* –murmuró, pensando: «buen consejo, amigo, relájate tú también».

–Estoy helada –replicó ella, a la defensiva.

–Ya me he dado cuenta –Severo tomó una manta del respaldo del sofá para ponérsela encima. Aunque no sabía si para hacerla entrar en calor o para no tener que verla medio desnuda–. Pero no te preocupes, no tienes nada que no haya visto antes.

Su reacción, concluyó Severo, era debida a la adrenalina. O eso o había algo en aquella mujer que lo hacía volver a los quince años. Hacía mucho tiempo que su libido no estaba tan alterada.

–Quítate el resto de la ropa, voy a buscar unas toallas.

Neve lo miró, incrédula. ¿Lo decía en serio?

–No pienso quitarme nada más.

Severo se encogió de hombros.

–Muy bien. Si tú no quieres hacerlo, lo haré yo.

Neve cerró la boca para no decir «no te atreverás» porque intuía que esa frase podía ser un reto para cierto tipo de hombres.

Y, mientras él subía al segundo piso, decidió hacer lo que le pedía para no empeorar la situación.

Envolviéndose en la manta, se quitó la camiseta y estaba intentando bajar los empapados vaqueros cuando lo oyó bajar por la escalera.

Nerviosa, se envolvió en la manta y levantó la mirada. Evidentemente, él no era tan pudoroso porque solo llevaba unos vaqueros que le quedaban cortos y que debían ser del dueño de la casa. Tenía un torso ancho, fuerte, el estómago plano y una línea de vello oscuro…

Neve tuvo que hacer un esfuerzo para no mirar el sitio donde se perdía esa línea de vello. Pero daba igual dónde mirase, aquel torso bronceado era el más fabuloso que había visto nunca.

Intentaba apartar la mirada, pero le resultaba imposible. Afortunadamente, él no parecía darse cuenta.

Severo dejó una pila de toallas sobre el sofá y se volvió para mirarla. A juzgar por las gotitas de sudor que cubrían su frente, había estado intentando desnudarse en su ausencia.

Y entonces, de repente, sintió algo sospechosamente parecido a la ternura.

–Vas a tener que aceptar mi ayuda, *cara*.

Sin esperar respuesta, porque sin duda sería negativa, se puso de rodillas delante de ella y empezó a tirar de los mojados vaqueros.

Neve miró la cabeza oscura del hombre. No se movió, no podía respirar siquiera hasta que completó la tarea y puso una mano en su pierna. Nerviosa, se apartó, incapaz de soportar la sensación.

–Estás congelada –Severo empezó a frotar vigorosamente sus piernas, desde el tobillo hasta el muslo, y el roce de sus manos hizo que se le encogieran los músculos del estómago–. ¿Tienes sensación en las piernas?

–No mucha –mintió ella, pensando «ojalá fuera así». ¿Por qué aquel hombre la afectaba de tal modo? Tenía que haber una explicación.

Ella no era una mujer desesperada y ansiosa de sexo. De hecho, nunca había sido una persona muy fogosa. Tal vez por eso nunca había tenido un novio de verdad. Controlar el deseo nunca había sido un problema para ella. En lo que se refería al sexo, solo había sentido una ligera curiosidad sobre lo que estaba perdiéndose pero, por el momento, siempre había rechazado la oferta de los hombres que querían enseñarle lo que era. La idea del sexo sin una conexión emocional sencillamente no la atraía.

Neve contuvo el aliento cuando él subió las manos hacia sus muslos.

–Me has hecho daño –mintió.

Aquello debía ser un shock traumático o algo parecido, pensó Neve. No podía ser otra cosa.

–No seas quejica. Estoy intentando que recuperes la circulación.

Aunque su propia circulación estaba demasiado activa.

–Decídete de una vez. Pensé que no querías que fuese valiente.

–Lo que yo quiero… –él levantó la cabeza, pero no terminó la frase.

Su mirada era tan intensa, que dejó a Neve paralizada. Sentía la tentación de dejarse llevar…

¿Dejarse llevar por qué? ¿Por quién?

–No puedes contarlas, yo lo he intentado –comentó, para aliviar la tensión.

–¿Qué?

–Mis pecas.

Él tomó una toalla y siguió frotando sus piernas con ella. Y Neve lo prefería al contacto piel con piel.

–Gracias, ya me encuentro mucho mejor. Pero no me has dicho tu nombre.

Aquel hombre semidesnudo estaba siendo el responsable de la experiencia más erótica de su vida, algo que posiblemente la convertía en la mujer de veinticuatro años más triste del planeta, y ni siquiera sabía su nombre.

–Severo Constanza.

Neve nunca había sentido atracción por los tipos latinos y le gustaría mucho que siguiera siendo así.

–Comimos en un restaurante italiano hoy, antes de que empezase a nevar. ¿Nos vimos allí?

Severo tardó unos segundos en darse cuenta de que le estaba preguntando si era camarero.

–No, creo que no –contestó, sin poder disimular una sonrisa.

–¿Te estás riendo de mí?

–No, de mí mismo. Si algún día tuviera la tentación de creer mis propios informes de prensa, ya sé dónde ir para que me bajen los humos.

–No te entiendo.

Él se encogió de hombros.

–Da igual, no importa.

Frunciendo el ceño, Neve se dejó caer sobre el sillón y se tapó con la manta hasta el cuello.

–¿Quieres que mire a ver si encuentro algo de comer? –preguntó Severo. Y luego, sin esperar respuesta, se acercó a la cocina y empezó a abrir armarios.

Decir que el ambiente era acogedor sería exagerar mucho. Neve no podía sentirse cómoda estando en la misma habitación con el equivalente a un lobo, pero ya no le parecía un enemigo.

¿El antagonismo habría sido reemplazado por algo mucho más peligroso?

La idea era tan absurda, tan ridícula, que se levantó de golpe, sujetando la manta a duras penas.

–No tengo hambre. Tengo que encontrar a Hannah.

Severo dejó escapar un largo suspiro.

–Siéntate o vas a caerte.

–Tengo que encontrar a Hannah –insistió ella–. Pero no te preocupes –se apresuró a añadir– no estoy pidiendo tu ayuda.

Que tuviese aspecto de héroe de película de acción no significaba que lo fuera. Y era totalmente irracional esperar que actuase como tal.

Neve admiró el espectacular torso antes de apartar la mirada, avergonzada de su frívola fascinación por el cuerpo masculino.

En su defensa, aquel hombre era de escándalo.

Capítulo 5

YCÓMO piensas hacerlo?
Neve parpadeó, intentando recordar de qué estaban hablando.

—No te entiendo.

—¿Cómo piensas encontrar a Hannah, Neve Macleod?

Severo había llegado a la conclusión de que la mejor manera de encontrar a la chica era volver sobre sus pasos, pero tendría que convencer a Neve de que debía hacerlo solo.

—No te entiendo.

—Es una pregunta directa: ¿cómo piensas encontrarla?

—No lo sé, pero tengo que hacerlo. No puede estar muy lejos.

—¿Lejos de dónde exactamente? ¿Sabes dónde estás? Si te encuentran muerta de frío por la mañana, no le servirás de nada a esa tal Hannah.

Notó que ella daba un respingo, pero si alguna situación exigía ser brutal, era aquella.

—Tienes que enfrentarte con la realidad y la realidad es que no puedes hacer nada más que esperar hasta que acabe la tormenta. Espero que Hannah haya tenido sentido común suficiente para buscar refugio. O a lo mejor ya la han encontrado.

–¿Tú crees? –Neve quería creer eso con todo su corazón.

–No lo sé, es posible –Severo se encogió de hombros.

Proyectaba tal seguridad, que Neve se relajó un poco. Y, por primera vez, se permitió pensar que aquello no iba a terminar en tragedia.

–Seguro que Hannah está ahora mismo tomando un café caliente en algún sitio, preocupada por ti.

–No, no lo creo –murmuró Neve, preguntándose si algún día lograría convencer a aquella adolescente dolida de que ella no era el enemigo.

Severo vio el gesto de derrota en su expresivo rostro.

–¿Tu hermana y tú habéis discutido?

–¿Qué?

–Hannah. ¿Has discutido con ella?

–Hannah no es mi hermana.

–¿No es tu hermana?

Había pensado que una hermana pequeña explicaba ese nivel de ansiedad.

–Hannah es mi hijastra –dijo Neve entonces.

De inmediato vio un brillo de incredulidad en sus ojos. Mejor, no la había reconocido, pensó.

Aunque la verdad era que no solían reconocerla, ni siquiera durante el escándalo. Probablemente porque la única fotografía que tenía de ella la prensa había sido tomada durante el funeral.

Con un clásico vestido negro, un elegante collar de perlas y el pelo sujeto en un moño, Neve apenas se reconocía a sí misma.

Una semana después, con el pelo escondido bajo un sombrero, un vestido de lunares y un cárdigan de angora amarilla, había atravesado un grupo de fotógrafos que esperaban a la «viuda alegre», como la habían apodado, sin que la reconocieran.

Además, daría igual que aquel extraño supiese quién era. No podía darle demasiada importancia a lo que los demás pensaran de ella... o al menos eso se había dicho a sí misma porque era la única manera de sobrevivir a tan desagradable experiencia. Afortunadamente, el apetito del público por el escándalo duró poco.

Severo miró su mano. No llevaba alianza.

—¿Estás casada?

—Lo estuve. Hannah era la hija de James.

Ni siquiera ahora era capaz de llamarlo «su marido». Lo había sido legalmente, por supuesto, pero nada más. Un buen amigo al que echaba de menos, ¿pero un marido? No, en absoluto.

—¿Eres viuda?

—Sí.

—¿Desde cuándo?

—James murió hace seis meses.

—Y tú te encargas de cuidar de su hija.

–Así es.

–¿Y cómo puedes cuidar de una adolescente si tú eres una cría?

–No soy una cría –protestó Neve–. Tengo veinticuatro años.

–Ah, qué vejestorio. Tu marido debería haber buscado a alguien mayor.

–Alguien que no dejase que una adolescente se perdiera en una tormenta de nieve, ¿eso es lo que quieres decir?

–Pensé que se había ido en coche.

–Gracias por recordármelo. Hacía dos minutos que no la imaginaba chocando contra un árbol o cayendo por un precipicio.

Severo chasqueó la lengua, irritado.

–No seas tan dramática.

–¿No crees que esto es un drama? –exclamó ella–. Pues debes llevar una vida mucho más emocionante que la mía.

–Tu problema es que tienes una imaginación muy activa.

¿Hablaba en serio? ¿Qué sabía él de su imaginación?

–¡Tal vez no sería tan activa si te pusieras una camisa! Resulta incómodo mirarte… así.

–¿Mi cuerpo te ofende?

Su cara de sorpresa no la engañó en absoluto. Tenía que saber cómo afectaba a las mujeres, con ropa o sin ella. Y era evidente que estaba disfrutando de su apuro.

–No me ofende. No soy puritana ni nada parecido –respondió Neve–. Aunque preferiría ser puritana antes que exhibicionista –dijo luego, mirándolo de los pies a la cabeza con lo que esperaba fuese un gesto de desdén.

Al menos, ese había sido el plan. El único problema era que sus ojos habían hecho una parada inesperada en cierto punto de su anatomía.

¿Por qué estaba actuando de ese modo? Ella no miraba a los hombres con deseo. Y mucho menos a un extraño.

–¿Crees que soy exhibicionista? –le preguntó él, con tono de curiosidad más que de enfado.

–Yo creo que eres… –Neve sacudió la cabeza, sin saber qué decir–. No sé lo que eres.

–No te preocupes, soy inofensivo, un pilar de la comunidad.

«Sí, seguro», pensó ella.

–Me consuela saberlo.

–Tu hijastra… –Severo sacudió la cabeza, incrédulo–. Dio! Es imposible imaginar que seas la madre de nadie.

–A lo mejor no deberías juzgar por las apariencias.

–Tal vez no –asintió él.

–¿Por qué te crees un experto en las cualidades que debe tener una madrastra?

–Soy un experto en las cualidades que tiene una mala madrastra.

–Tenemos mala prensa –intentó bromear Neve.

–Mi experiencia es personal. Mi padre volvió a casarse cuando yo tenía diez años.

¿Y por qué estaba contándoselo?

–¿Os llevabais mal? –preguntó Neve.

Severo no dijo nada. Había cosas que no compartía con nadie.

–Mi infancia no es el tema de discusión.

Nunca lo había sido, por eso le parecía tan raro que estuvieran hablando de ello.

–¿Se te ha ocurrido pensar que tu madrastra hacía lo que podía?

–Oh, sí, Livia hacía lo que podía, eso desde luego.

Y «lo que podía» había sido suficiente para separar a un padre y a un hijo.

–Yo no sé nada de tus circunstancias particulares, pero...

–No, no sabes nada –la interrumpió él–, y eso no va a cambiar en un futuro inmediato, así que sugiero que pongas tu casa en orden antes de dar consejos a los demás.

Neve palideció ante la grosería.

–No te preocupes, no tenía la menor intención de darte un consejo.

–Imagina el disgusto que me llevo –replicó Severo, mirando a la pelirroja que, por alguna razón, parecía creerse con derecho a darle consejos.

El silencio se alargó mientras ella lo miraba con esos ojos azules que irradiaban una mezcla de desafío, enfado y pena.

–¿Dónde está mi ropa?

–No vas a ir a ningún sitio. Siéntate frente al fuego.

Pero él sí tendría que irse de allí para no dejarse llevar por la tentación de tomarla entre sus brazos y besarla hasta que se quedara sin aliento. Aquella mujer le hacía perder el control como ninguna otra en toda su vida.

Neve lo observó, aprensiva, mientras tomaba el chaquetón.

–¿Qué vas a hacer…?

Cuando abrió la puerta recibió un golpe de aire helado, pero un segundo después Severo desapareció en la oscuridad. La segunda persona en un día que prefería una tormenta antes que estar con ella, pensó, irónica. Qué triste.

¿Qué podía hacer, esperarlo, ir tras él?

Bueno, al menos no tendría que soportar sus groserías, pensó. Pero, a medida que pasaban los minutos, empezaba a preocuparse de verdad. ¿Y si se había perdido? ¿Y si estaba herido? Salir así, en medio de una tormenta, era inmaduro y temerario. Seguramente había querido asustarla, se dijo. Bueno, pues muy bien, podía hacer lo que quisiera, ella no iba a preocuparse.

Pero no dejaba de hacerlo hasta que, por fin, no pudo soportarlo más.

Tenía que hacer algo.

Envolviéndose en la manta, abrió la puerta... y se quedó sin aliento. Hacía un frío espantoso.

–*Madre di Dio!* ¿Qué estás haciendo? ¡Vuelve dentro!

Neve dejó escapar un suspiro de alivio cuando una sombra se materializó en la oscuridad. Estaba sano, intacto y proyectando más vitalidad de la que debería.

Pero su alivio inicial pronto se convirtió en rabia. Allí estaba, sacudiéndose la nieve de la cabeza como si acabara de dar un paseo por el parque.

–¿Cómo es posible que seas tan idiota? Podrías haberte matado. Ahí fuera no sé ve nada... y no quiero añadir tu muerte a la lista de cosas por las que me siento culpable.

–Ah, entonces se trata de ti. Asombroso –dijo él.

Pero no pudo decir nada más porque, de repente, Neve se puso a llorar.

Podría haber soportado las lágrimas, pero él no tenía defensas para los sollozos que sacudían su cuerpo. Casi podía ver cómo las capas de cinismo protector, levantadas con los años y la experiencia, iban cayendo una tras otra.

–No llores. Siento mucho haberte asustado.

Neve sorbió por la nariz como respuesta a tan abrupta disculpa.

–No estaba asustada –mintió, avergonzada de no poder controlar sus emociones–. Y no lloro por ti. ¿Qué estabas haciendo?

–Cuando hay que organizar una misión de rescate, lo mejor es saber dónde estás. Seguí tu consejo y fui a buscar un sitio alto para intentar orientarme.

En un alto, había una especie de cobertizo cuyo tejado había visto días mejores y que, con su peso además del peso de la nieve, se había hundido.

—¿Vas a ayudarme a buscar a Hannah?

Mirando esos ojos azules llenos de gratitud, Severo sintió que algo se le encogía por dentro.

—Tenemos instrucciones de quedarnos donde estamos.

—¿Qué quieres decir?

—He conseguido señal en el móvil y he informado de nuestra situación a los servicios de emergencia.

—¿En serio? ¿Les has contado lo de Hannah?

Severo asintió con la cabeza.

—Están buscándola aunque, como ellos mismos me han dicho, es posible que ya haya sido rescatada o haya encontrado un refugio.

—¿De verdad?

—Llevan todo el día rescatando automovilistas y no les ha hecho gracia que yo quisiera montar mi propia expedición.

—Pero si varias personas la buscasen…

—Ellos creen que esas personas se pueden perder y entonces hay que buscarlas a ellas.

—Pero no podemos quedarnos aquí sin hacer nada. Deja que hable con ellos.

—Lo siento, pero ya no hay señal.

–¿Y cómo voy a saber que has hablado con alguien? Podrías habértelo inventado.

Severo la miró, incrédulo. ¿Inventárselo?

–¿Quieres decir que estoy mintiendo?

Neve lo miró a los ojos.

—Es evidente que no querías ayudarme a buscar a Hannah.

Él no intentó defenderse de la acusación mientras se quitaba el chaquetón cubierto de nieve. Había sido su única protección contra los elementos y contra las piezas de metal del tejado.

Neve, que interpretó su silencio como una tácita admisión de culpabilidad, lanzó sobre él una mirada de desprecio… que se convirtió en horror al ver que estaba sangrando.

–¿Qué te ha pasado?

—Nada –murmuró él, moviendo el hombro. Pero, al hacerlo, se le escapó una mueca de dolor–. Son cortes superficiales.

Aunque el corte que tenía en la mano iba a necesitar varios puntos o, al menos, una venda.

–¡Superficiales! ¡Y me acusabas a mí de hacerme la fuerte! Siéntate, voy a…

—No necesito una enfermera.

—Pero estás sangrando.

—Es solo un corte en la mano.

Como si no tuviera ninguna importancia, pensó ella, viendo cómo se envolvía la mano en una toalla.

—Y seguro que no te duele, ¿verdad? –murmuró, irónica.

Severo tuvo que tomar otra toalla porque la primera ya se había empapado de sangre.

—¿Qué ha pasado? ¿Cómo te has hecho eso?

—Estaba encima de un tejado y se ha hundido.

—¿En un tejado? ¡Podrías haberte matado!

—Como ves, estoy vivo —dijo él. Verla tan agitada por algo que no tenía importancia le sorprendía.

—¿Y se puede saber qué hacías subido en un tejado?

¿Una tormenta de nieve no era reto suficiente para aquel hombre? ¿Tenía que buscar, además, otras alternativas para matarse?

—Tiene que haber un botiquín en algún sitio —murmuró Neve, abriendo los armarios de la cocina.

—Estaba buscando un sitio alto para orientarme y para hacer la llamada de teléfono que me he inventado.

—Ah —Neve cerró la puerta del armario y se dio la vuelta—. Entonces supongo que te debo una disculpa.

—Sí, supongo que sí.

—Siento lo que he dicho antes. Supongo que estoy un poco… ¿paranoica?

—Estoy de acuerdo. ¿Siempre eres tan obsesiva cuando se te mete una idea en la cabeza?

En aquellas circunstancias, no podía ofenderse por la pregunta.

—Soy responsable de Hannah.

–¿Le pediste a tu hijastra que robase un coche y saliera huyendo en medio de una tormenta de nieve?

–No, claro que no.

Severo arqueó una expresiva ceja.

–Pero yo soy la adulta, ella solo tiene catorce años.

–Te imagino a los dos años, regañándote a ti misma cuando tu osito de peluche perdió una oreja y sintiéndote responsable cuando tu mejor amiga se hacía un corte en la rodilla.

–No digas tonterías –replicó Neve. Pero era cierto que siempre se había sentido responsable. Primero de Charlie, luego de salir adelante sin ayuda de nadie. Y ahora de Hannah.

–Uno tiene que hacerse responsable de sus actos –insistió, obstinada.

Ella llevaba haciéndolo desde los catorce años. Desde que sus padres murieron en un accidente de tren. Oficialmente, Charlie había sido su tutor desde ese momento, pero no era un tutor convencional precisamente.

Su hermano desaparecía durante semanas, incluso meses, y Neve había tenido que aprender a depender de sí misma. Y, lamentablemente, también había tenido que aprender a mentir.

No le quedó más remedio. Si las autoridades hubieran sospechado que muchas veces estaba sola en casa durante meses la habrían llevado a un orfanato y esa era una de sus pesadillas.

Por eso entendía el comportamiento de Hannah. Claro que Hannah nunca tendría que comer sardinas en lata durante una semana o decir que no quería ir al cine con sus amigas porque no tenía dinero.

—La responsabilidad ya no es tuya, *cara*. Hay unos profesionales buscándola, así que relájate.

—Pero…

—No puedes hacer nada, de modo que lo mejor es que disfrutes de la experiencia.

—¡Disfrutar! —repitió ella, atónita. Disfrutar estando atrapada con un extraño guapísimo y… bueno, en realidad, algunas mujeres pagarían por esa experiencia, pensó, sin poder evitar una sonrisa.

—Ah, una sonrisa. Menos mal. Piensa en esto como una aventura —dijo Severo—. ¿Cuánta gente puede escapar del mundo real durante unas horas? Sin estrés, sin responsabilidades, sin teléfono ni ordenadores.

Él se había convencido a sí mismo, pero la expresión de la pelirroja le decía que no iba a ser tan fácil para ella.

—No me gustan las aventuras.

—Hay muchas clases de aventuras, *cara*.

El tono, íntimo y ronco, hizo que Neve sintiera un escalofrío. Pero no tenía intención de analizar el significado de esa frase, de modo que apartó la mirada y cambió de conversación.

—¿Y yo no puedo ayudar de alguna forma? Al menos podría limpiarte esas heridas.

Sentía pánico ante la idea de tocarlo y no solo porque podría hacerle daño.

–Gracias por la oferta, pero yo creo que la mejor manera de limpiar las heridas… –Severo hizo una mueca de dolor al mover el hombro –es dándome una ducha. Espero que haya agua caliente.

Aunque, en aquellas circunstancias, tal vez lo mejor sería darse una ducha fría. Porque su helada aventura no había conseguido disminuir el deseo que provocaba la pelirroja de los ojazos azules.

Y la noche ofrecía muchas posibilidades interesantes, pensó, mientras subía la escalera.

Capítulo 6

NEVE se quedó observándolo hasta que desapareció en el piso de arriba.

Y no se había movido cuando, unos minutos después, oyó con toda claridad el ruido de la ducha, como si no se hubiera molestado en cerrar la puerta del baño.

Algunas personas tomarían eso como una invitación.

Neve dejo escapar un gemido mientras apoyaba los brazos en la encimera de la cocina. Suspirando, apoyó la cabeza en ellos, intentando borrar de su mente la imagen del apuesto italiano en la ducha, el agua deslizándose por su piel desnuda...

«¿Qué me está pasando?».

Hasta aquel momento, concentrada en Hannah, había logrado controlar el efecto que Severo Constanza ejercía en ella, pero ahora se veía obligada a enfrentarse a la situación.

Se sentía atraída por él. ¿Y por qué no? Era increíblemente guapo, el hombre más sexy que había visto nunca. Tendría que estar muerta del cue-

llo para abajo para no verse afectada por una masculinidad tan descarada.

No era nada profundo ni relevante y tampoco
pensaba hacer nada al respecto, de modo que no
tenía importancia.

Lo encontraba sexualmente atractivo, pero
también le parecía atractiva una tormenta de rayos
y truenos y no salía a la calle, arriesgándose a que
le cayese un rayo, para disfrutar de esa belleza.
Podía hacerlo desde la seguridad de su habitación.

En resumen: era estupendo mirar a Severo,
pero no tenía intención de tocarlo.

¿Aunque tuviese la oportunidad?

Recordó entonces lo que había dicho sobre escapar del mundo real. Según esa lógica, las nor-
mas del mundo real quedaban en suspenso mientras estuvieran allí. ¿Podía una persona pensar o
hacer cosas que no haría en circunstancias normales?

Neve cortó aquel diálogo interior con un gemido. Necesitaba hacer algo, mantenerse ocupada,
¿pero qué podía hacer?, se preguntó, mirando los
libros de cocina colocados en un estante. Cocinar
siempre le había parecido una ocupación terapéu-
tica y aquel era un momento de estrés.

De modo que se coloco la manta estilo sarong
para liberar las manos y, después de examinar el
contenido de la nevera, tomó unos huevos y los in-
gredientes necesarios para hacer una tortilla de ver-
duras, prometiéndose a sí misma que al día siguien-

te lo reemplazaría todo. Después de hacer las tortillas las dejó cubiertas con un plato para que se conservaran calientes y volvió a dejarse caer frente a la estufa. Estaba agotada y, sin darse cuenta, cerró los ojos. Unos segundos después, se había dormido.

La deseaba.

Severo no recordaba haber deseado así a otra mujer. Era guapísima, aunque no el tipo de chica que solía atraerlo…

Entonces se detuvo, percatándose de que estaba haciendo eso que despreciaba tanto: analizar sus sentimientos.

Lo importante era que él nunca sería como su padre. Él no perdía el control, ni hacía el ridículo por una cara bonita. No confundía el sexo con el amor, y frecuentemente dudaba que esto último existiera fuera de las páginas de las novelas románticas.

El deseo que sentía por Neve era el resultado de un prolongado período de celibato.

Habían pasado seis meses desde que rompió su última relación, demasiado tiempo sin sexo para él.

Su relación con April no terminó bien y ella lo había acusado de tenerla abandonada. Y de muchas otras cosas. Había sido muy desagradable, una experiencia que no quería repetir en el futuro.

El problema era que las mujeres decían una cosa y pensaban otra. April, que era un caso típico, había dicho que le parecía muy bien cuando él le advirtió que no estaba buscando nada serio o permanente. Eso era lo que ella quería de una relación, algo sin complicaciones.

Pero, por lo visto, también quería otras cosas.

Cosas como que acudiese a aburridos eventos sociales con ella o que fuese amable con gente a la que no conocía. Y él la había acompañado en algunas ocasiones porque April era guapísima y su carrera dependía de ser vista en los sitios adecuados.

Pero cuando exigió saber dónde estaba y qué hacía las veinticuatro horas del día, Severo se puso firme.

La gota que colmó el vaso fue cuando empezó a hablar de matrimonio e hijos. De broma, claro. Pero no estaba de broma.

Severo bajó al salón y encontró a Neve dormida frente a la estufa, con la cara apoyada en un brazo.

Sonriendo, aprovechó la oportunidad para estudiarla.

La suave melena rizada caía sobre su brazo, el rostro sonrojado por el calor de la estufa…

Cuando miró sus labios, tuvo que contener una punzada de deseo.

Era preciosa y jamás había sentido un deseo tan poderoso de hacer suya a una mujer.

Neve no recordaba haberse quedado dormida, pero cuando abrió los ojos le pareció ver unas velas encendidas…

Y sintió la turbadora presencia de Severo antes de verlo.

—Ah, por fin has despertado.

Estaba a su lado, alto e impresionante, con un albornoz de algodón rizado que, evidentemente, no era de su talla.

—¿Por qué me has dejado dormir? —le espetó ella, con tono acusador.

Había estado a punto de no hacerlo, pensó él. La tentación de besarla había sido tremenda, pero afortunadamente pudo contenerse.

—Evidentemente, necesitabas dormir un poco. ¿Siempre estás de tan mal humor cuando despiertas?

Aunque sería interesante averiguarlo.

Neve arrugó el ceño, mirando alrededor.

—¿Por qué hay velas encendidas?

—Se han fundido los plomos mientras estabas dormida, pero solo los de la luz. La calefacción sigue funcionando, así que no tenemos que darnos calor el uno al otro.

La broma hizo que Neve se pusiera colorada. Las otras reacciones de su cuerpo fueron menos evidentes pero igualmente humillantes.

—¿No puedes arreglarlo?

—Si supiera dónde está el diferencial...

Neve empezó a sospechar de tan extraña relajación.

—¿Lo has buscado?

—No, me gusta este ambiente romántico —bromeó él—. ¿Tienes frío?

–No, estoy bien.

Pero estaría mejor si llevara algo más que las bragas y el sujetador bajo la manta. Estar en paños menores la hacía sentir vulnerable, incómoda. Pero la idea de volver a ponerse la ropa mojada le parecía insoportable.

–¿Dónde está mi ropa? ¿Qué has hecho con ella?

–Tu ropa no es de mi talla, cara, pero admiro tu buen gusto coordinando colores.

–Muy gracioso.

–Relájate, está en la secadora.

–Ah, eres un buen amo de casa.

–Hay cosas que se me dan bien.

Seguro que sí, pensó ella, imaginándolo con una larga sucesión de rubias de largas piernas.

–Ah, salvo esto –Severo le tiró la camiseta, que había puesto a secar en la estufa.

Neve alargó una mano para tomarla pero, al hacerlo, la manta resbaló hasta su cintura y, nerviosa, volvió a taparse a toda prisa.

Solo había sido un segundo, pero verla medio desnuda le hizo sentir una punzada de deseo. Y fue tan potente que, por un momento, el hombre conocido por su frío temperamento no fue capaz de respirar.

Envuelta en la manta, Neve intentó ponerse la camiseta.

–Supongo que sería demasiado pedir que te dieses la vuelta.

–Una mujer con un cuerpo como el tuyo debería alegrarse de poder lucirlo.

El sarcasmo no debería haberle dolido porque, aunque no tenía ningún complejo, Neve tampoco se hacía ilusiones.

–Necesito mi ropa.

–No, *cara*, lo que necesitas…

–¡No necesito nada de lo que tú puedas ofrecerme!

Él pareció sorprendido.

–Iba a decir que necesitas comer algo.

–Ah.

–Yo ya me he comido mi tortilla y supongo que tú querrás la tuya.

–No tengo hambre y tú no deberías estar en la cocina con una herida en la mano. Volverá a sangrar si te rozas con algo.

De hecho, no llevaba venda y le sorprendía que no estuviera sangrando.

–Ya no sangrará más –Severo le mostró la mano y Neve abrió los ojos como platos al ver los puntos que él mismo se había dado.

–¿Lo has hecho tú? –exclamó, tomando su mano con cuidado para no hacerle daño.

–No dejaba de sangrar y había una cesta de costura en el baño… ser ambidextro a veces es muy útil.

–¿Y haces ese tipo de cosas a menudo?

Severo sonrió.

–La verdad es que no lo he hecho mal. ¿Qué te parece?

–Me parece que estás loco –contestó Neve.

Y ella debía estar loca también porque no podía soltar su mano. ¿Tendría fiebre? Sí, pero no la clase de fiebre que podría curar con una aspirina.

–Puede que tengas razón, *cara*.

El primitivo, explícito mensaje en sus ojos oscuros la hizo sentir extrañamente acalorada.

Asustada, volvió a mirar su mano como si estuviera muy interesada en los puntos.

–Lo has hecho muy bien, es verdad. Muy profesional. ¿Por qué no te hiciste médico?

–Deje la carrera cuando mi padre murió. Heredé la empresa familiar, por así decir –Severo se encogió de hombros. Y había descubierto que tenía talento para ganar dinero, lo cual era una suerte porque los cofres de la familia Constanza ya no estaban repletos.

–¿Y lo lamentas?

–No, no lo lamento. No lamento nada de lo que he hecho en mi vida.

Neve no estaba convencida.

–Todo el mundo lamenta algo.

Severo la miró, con una enigmática sonrisa en los labios.

–¿Qué lamentas tú?

–¿Yo?

–¿A qué te dedicas, Neve? Siento curiosidad, ¿eres delincuente aficionada o profesional?

–No te entiendo.

–Robaste mi coche. Te chocaste conmigo

cuando salías del refugio y subiste a mi coche sin pensártelo dos veces.

Neve abrió mucho los ojos. Recordaba haber visto a alguien…

–Era una emergencia. Solo quería tomarlo prestado.

–No sé si la policía reconoce como válido eso de «tomar prestado» un coche que no es tuyo –dijo él–. Aunque creo que no suelen ser duros con los delincuentes sin antecedentes.

–Eso no tiene gracia. Siento mucho lo de tu coche, pero estaba asustada.

¿Significaba aquello que su rescate no había sido una coincidencia?

Severo pareció leer sus pensamientos.

–Había cosas valiosas en el coche.

–Lo siento –se disculpó Neve–. Salí corriendo cuando Hannah desapareció y al ver que se llevaba el coche… en fin, estaba desesperada. Y entonces vi un cuatro por cuatro con las llaves puestas… ¿cómo se te ocurre dejar cosas de valor dentro del coche?

–Ah, entonces ha sido culpa mía.

–No, claro que no.

–Tu hijastra nunca aprenderá a hacerse responsable de sus actos si te culpas a ti misma de las cosas que hace ella.

Neve dejó escapar un gemido de angustia. Casi había olvidado que su hijastra había desaparecido.

–Dios mío…

–¿Tuvisteis una discusión?

Eso era como llamar explosión a una bomba nuclear.

–Hannah salió huyendo de mí.

Neve volvió la cara para ocultar sus lágrimas y Severo sintió que algo se encogía dentro de su pecho. Pero sacudió la cabeza, pensando que no debía buscarse complicaciones. Aquello no era una conexión espiritual, era sexo.

Durante los últimos meses, había trabajado sin parar y tal vez su cuerpo intentaba decirle que necesitaba encontrar tiempo en su agenda para hacer otras cosas.

Porque todos esos meses sin sexo eran los culpables de que estuviera obsesionado por unos ojos azules. Y en cuanto a fantasear con la piel de una mujer o el deseo de hacer algo para que no estuviera tan triste… bueno, sencillamente, él no era así.

–Seguro que Hannah está bien, no te preocupes.

Sus ojos se encontraron en el cristal de la ventana y el silencio se alargó; un silencio cargado de promesas. Neve podía sentir la tensión como algo físico, casi como una presencia.

Un tronco se partió dentro de la estufa y el ruido hizo que se rompiera el hechizo. Afortunadamente.

–Es horrible no saber dónde está y si…

Severo puso una mano en su hombro.

–No lo pienses.

Capítulo 7

ESE era el problema, que no estaba pensando.

El sentimiento de culpa por no acordarse de Hannah se la comía por dentro. Hasta que Severo dijo su nombre, no había vuelto a pensar en ella.

Había soñado con él cuando se quedó dormida en el sillón y desde que despertó solo había pensado en aquel hombre. Aquel extraño.

—Lo dices como si fuera tan fácil.

—No creo que sea fácil, pero sí necesario.

Neve apretó los labios. Él no entendía la responsabilidad de cuidar de una adolescente o el sentimiento de culpa... ¡aquel hombre era un ordenador!

—Necesito mi ropa.

Severo suspiró, frustrado, mientras ella iba al cuarto de la plancha para sacar su ropa de la secadora.

En cuclillas, y haciendo una mueca porque allí hacía mucho frío, Neve sacó sus vaqueros. Estaban enredados con una camisa y, sin pensar, se la llevó a la cara para olerla...

«¿Qué estoy haciendo?».

Atónita por tan absurdo comportamiento, volvió a meter la camisa en la secadora.

—¿Ha encogido?

Estaba tan perdida en sus pensamientos, que la voz de Severo la sobresaltó. Intentó incorporarse, pero tropezó con la manta y acabó golpeándose contra la pared.

—Eso tiene que doler —bromeó Severo.

Pues sí y, además, hacía mucho frío, pero no pensaba admitirlo.

—¿Qué haces ahí, mirándome? —le espetó, sujetando el jersey sobre su pecho como si fuera un escudo.

—Me sentía solo —dijo él.

Quería que fuese una broma pero, de repente, se sintió impelido por el deseo de tocarla, de abrazarla.

Un deseo que pareció llevarse por delante su sentido común.

Neve frunció el ceño al ver su expresión y levantó orgullosamente la barbilla, intentando demostrar que su virilidad no la afectaba en absoluto.

Pero fracasó miserablemente porque sentía un anhelo tan profundo, que le dolían hasta los huesos.

Severo carraspeó, intentando controlar los salvajes latidos de su corazón.

—¿Vas a decirme qué te pasa ahora? —murmuró,

tomándola en brazos para llevarla de vuelta al salón.

Durante un segundo, Neve se encontró suspendida en el aire, como una muñeca de trapo.

Pero no tuvo tiempo de protestar porque él la dejó en el suelo, frente al sofá. Estaba mareada y era lógico. No todos los días la tomaba en brazos un italiano con cara de ángel caído. Un ángel caído con una boca de pecado. Con una boca así, debía besar de maravilla...

Avergonzada por pensar esas cosas cuando Hannah estaba perdida en medio de una tormenta de nieve, tal vez incluso herida, Neve se dio la vuelta para vestirse.

Ofreciéndole sin darse cuenta una fantástica panorámica de su trasero bajo la manta. Saber que solo llevaba las braguitas debajo lo volvía loco.

Al inclinarse, la manta resbaló y Severo pudo ver un muslo largo y esbelto. Y se imaginó deslizando los dedos por él, haciendo que sus ojos azules se oscurecieran.

—Si fuese tu hija quien estuviera perdida en la nieve, no dirías que no pensara en ella —dijo Neve, molesta. Aunque no sabía con quién.

—Yo no tengo hijos.

Y no era una situación que tuviese intención de cambiar en un futuro próximo. Comprometerse con una mujer de por vida era un salto en el vacío. En su opinión, una locura.

Por supuesto había matrimonios felices, pero el matrimonio era una lotería. El problema era que los participantes rara vez lo veían con lógica y se casaban por todo tipo de razones absurdas e irracionales.

—Sé que estás intentando ayudarme —dijo Neve—. Y no estoy enfadada contigo. En realidad, estoy enfadada conmigo misma.

—No creo que hayas hecho nada malo, *cara*. Tú no eres responsable de lo que hagan los demás.

—No hace falta que seas tan amable conmigo.

—Podría ser mucho más amable si me dejaras.

Neve estaba tan angustiada que no entendió el doble sentido de la frase.

—No, no lo entiendes. Salí disparada para buscar a Hannah y, luego, de repente, me olvidé de ella.

—Estás agotada, es lógico.

Ella negó con la cabeza.

—No, me he olvidado de ella porque… —Neve tragó saliva—. Porque estaba pensando en ti.

Después de un momento de sorpresa porque eso era lo último que hubiera esperado escuchar de sus labios, Severo experimentó una oleada de satisfacción.

—¡Y ni siquiera me gustas!

—No es necesario que te guste, *cara*.

—¿Qué quieres decir?

—*Per amore di Dio!* No irás a decir que no sabes que quiero acostarme contigo, ¿verdad?

Cuando sus ojos se encontraron, Neve supo que no podría disimular.

—No, yo no… yo no tengo aventuras pasajeras —murmuró. Aunque solo con mirarlo se derretía por dentro—. Ni siquiera debería estar pensando en ti con Hannah perdida…

—Que pienses en el sexo no significa que Hannah haya dejado de importarte —la interrumpió él, alargando una mano para tocar su cara—. Ni te convierte en un monstruo. Pensar en el sexo es algo natural.

—Pero yo…

—Lo sé.

—¿Lo sabes?

Era tan increíblemente guapo, pensó, fascinada.

¿Y un hombre como aquel la deseaba?

—Sigues pensando que estás casada, pero la realidad es que no lo estás. ¿Cuánto tiempo hace que murió tu marido… seis meses?

Neve, que nunca se había sentido casada, asintió con la cabeza. Y se preguntó qué diría si le contase que el suyo había sido un matrimonio de conveniencia.

—¿Y durante ese tiempo no ha habido otros hombres?

—¡Claro que no!

—Yo también llevo seis meses sin tener relaciones con nadie.

—¿Tú?

—No es tan raro —dijo él—. No me gusta, pero tenía mis razones. Aunque no voy a aburrirte con ellas. Nos encontramos solos aquí, aislados… es perfectamente normal que nos sintamos atraídos el uno por el otro.

–¿Te sientes atraído por mí?

–Quiero acostarme contigo –le confesó Severo–. Con todas mis fuerzas.

La confesión hizo que Neve sintiera un escalofrío.

–Pero no puede ser –murmuró, intentando despejar su cabeza, escapar de aquella telaraña en la que estaba metida–. Hannah se ha perdido y yo no puedo…

–Esto no tiene nada que ver con Hannah.

–No, pero…

Severo puso un dedo sobre sus labios.

–Tienes unos ojos increíbles –estaba inclinado hacia ella de una forma casi posesiva, tan cerca que podía sentir el calor de su torso.

Le temblaban las rodillas, pero se sentía extrañamente desconectada de su cuerpo. Y no podía apartar los ojos de Severo.

–No va a pasar nada que tú no quieras que pase, *cara*.

Ella cerró los ojos y negó con la cabeza. Era responsable de Hannah. James le había pedido que cuidara de su hija y, después de todo lo que había hecho por ella, no era tanto pedir. Le había prometido que cuidaría de Hannah y había fracasado.

Severo notó que se ponía tensa de repente.

–Deja de pensar.

–No puedo…

–Entonces piensa en mi boca –dijo él, mirándola a los ojos.

–¿Tu boca? –repitió Neve, mirando automáticamente esos labios esculpidos.

Ella oía una respiración agitada… ¿era la suya?

–Sí, mi boca.

–Tienes una boca preciosa, pero seguro que te lo han dicho muchas veces.

–A mí también me gusta la tuya.

Su voz ronca parecía acariciarla. Neve quería apartarse, pero sus músculos no respondían y no se movió cuando Severo inclinó la cabeza para besarla. Sus labios eran firmes, la presión ligera.

Pero el contacto solo duró unos segundos y Severo se apartó para mirarla a los ojos. Todo parecía ocurrir a cámara lenta, los latidos de su corazón, el sonido de su respiración mientras intentaba llevar aire a sus pulmones.

–Piensa en mis labios –siguió Severo, pasando la lengua por su labio superior–. Nada más existe…

–Yo creo…

–Deja de pensar, Neve, limítate a sentir. No te preocupes, te acostumbrarás, solo necesitas un poco de práctica.

Neve tragó saliva.

—Esto es absurdo —murmuró.

Y lo era, absurdo, irreal, peligroso. Su corazón latía con tanta fuerza, que temió sufrir un infarto de un momento a otro.

Pero se estremeció cuando él la besó de nuevo, deslizando la lengua por sus labios de una manera erótica, sensual. No podía moverse y sentía como si estuviera ardiendo por dentro.

Era una extraña y deliciosa tortura.

Capítulo 8

NO pares –murmuró Neve. Y fue recompensada con otro beso.

Severo deslizó la lengua ente sus labios abiertos, haciendo que viese puntitos de luz tras los párpados cerrados.

Y luego se apartó, murmurando su nombre como si le gustara mucho, haciendo que sonase como una caricia. Parecía fascinado mientras apartaba el pelo de su cara.

–Eso ha estado muy bien, pero no puedes estar besándome toda la noche –Neve sabía que tenía que hacer algo para romper el hechizo.

–Tú no sabes lo que puedo hacer, *cara*.

–¿Y voy a descubrirlo? –susurró ella, asombrada de su propia temeridad. Experimentaba una extraña sensación de libertad, como si aquel momento estuviera predestinado, como si fuera inevitable.

Severo tenía razón, aquello no iba a hacerle daño a nadie.

–¿Te gustaría?

–¿Lo haces todo como besas?

Severo rio, echando la cabeza hacia atrás y, al hacerlo, revelando la columna de su garganta.

–Aún no te he besado de verdad.

–¿Eso no era un beso?

–*Dio!* Sabes tan bien... –murmuró él, buscando sus labios de nuevo.

Neve no entendió el resto de sus palabras porque las dijo en italiano, pero las caricias de su lengua no necesitaban traducción.

Y ella le devolvía los besos con desesperación, sin saber lo que hacía pero incapaz de resistirse. Luego, cuando eso no fue suficiente, enterró los dedos en su pelo y arqueó la espalda para estar más cerca. Se besaban con desesperación, como dos seres hambrientos, y cuando por fin se apartaron, los dos estaban sin aire.

Si la soltaba, Neve estaba segura de que acabaría en el suelo.

–No me sueltes, no creo que pudiera permanecer de pie.

–No voy a soltarte –prometió él, tomándola en brazos para llevarla de vuelta al sofá. La deseaba como no había deseado a nadie, pero quería alargar el momento.

Neve parecía una fantasía imposible a la luz de la luna, pensó, mientras acariciaba su pelo.

–Te deseo tanto –murmuró, colocándose sobre ella.

La íntima presión sobre su vientre hizo que Neve se estremeciera.

–Yo también te deseo –le confesó.

Aquel era el momento, el que había imaginado durante toda su vida, el que había pensado que no llegaría nunca o peor, que llegaría sin que se diera cuenta.

Pero sus miedos eran infundados. Aquello no era algo que pudiera perderse e incapaz de esconder su deseo por más tiempo tiró de la manta para sentir el roce de su piel.

Cuando soñaba con aquel momento, Neve siempre se había imaginado a sí misma insegura, tímida, pero era todo lo contrario.

–Eres preciosa –murmuró Severo mientras le quitaba la camiseta.

–Tú también eres bellísimo, el hombre más guapo que había visto nunca.

Él rio, su risa rompiendo un poco la tensión.

–Pero seguramente ya lo sabes –siguió Neve–. De hecho, pareces saber lo que pienso antes que yo.

–Sé que lo que quieres, *cara* –murmuró él, apartando el sujetador para meterse un rosado pezón en la boca.

La sensación era indescriptible y Neve, sin pensar, hundió los dedos en su pelo negro y se entregó al exquisito placer de sus caricias.

No se cansaba de tocarlo y metió la mano bajo el albornoz para acariciar su espalda, notando los fuertes músculos y el extraordinario poder de aquel cuerpo masculino… hasta que Severo dio un respingo. Solo entonces recordó que se había herido al caer del tejado.

–Lo siento, no me acordaba.

–Si dejas de hacerlo, me dolerá más.

Los salvajes latidos de su corazón la hacían vibrar de la cabeza a los pies mientras Severo seguía besándola, desnudándose y desnudándola al mismo tiempo.

Neve decidió que había sido entonces cuando su cerebro dejó de funcionar y el instinto ocupó su sitio, el momento en el que todo lo que no fuera Severo había dejado de existir.

Se rindió totalmente al ansia que sentía por él, respondiendo instintivamente a sus caricias, besándolo, tocándolo por todas partes, mordiendo su cuello.

Severo tomó su mano entonces y la puso sobre su erección. Luego, aplastándola y atrapando su mano entre los dos, se inclinó para besarla ardientemente.

Era aterrador y maravilloso a la vez, pensó Neve, temblando de deseo. No se cansaba de él, no podría cansarse nunca.

Cuando tomó su cara entre las manos y lo miró a los ojos, vio en ellos el mismo deseo que debía haber en los suyos.

–Es perfecto.

–Lo será –le prometió él.

Severo intentaba mantener el control, pero era una pelea que estaba perdiendo. Cuando metió la mano entre sus piernas y el roce de sus dedos la hizo gemir de placer supo que no podía esperar más.

Y, afortunadamente, tampoco podía hacerlo Neve.

—Por favor, no puedo…

Severo se inclinó para sacar algo del bolsillo del albornoz. Un preservativo. Neve se mordió los labios, avergonzada. Ni siquiera se le había pasado por la cabeza…

Después de enfundarse en él, Severo se colocó entre sus piernas.

—Mírame, Neve.

Y ella lo hizo.

—Relájate. Piensa en mí, en esto. Será perfecto, te lo prometo.

Y lo fue. Cuando entró en ella se le escapó un gemido de dolor, pero fue muy breve y estaba tan concentrada en la increíble sensación de tenerlo dentro, duro y ardiendo, que apenas lo notó.

—*Per amore di Dio*… eres tan estrecha.

Neve arqueó la espalda para apretarse contra él, agarrándose a su hombros cubiertos de sudor mientras se movían en perfecta armonía.

No hubo palabras. Sus cuerpos se comunicaban a un nivel primitivo que eliminaba la necesidad de hablar. Suspiraban, jadeaban, pero sin decir nada hasta que llegó el momento de la explosión.

—Mírame, *cara*. Quiero verte. Quiero verlo en tus ojos.

Ella abrió los ojos en el momento del orgasmo y oyó que Severo murmuraba roncamente su nombre antes de caer sobre su pecho, estremecido.

–Ha sido increíble –Neve tomó su cara entre las manos–. Supongo que sabes que lo haces muy bien.

–A un hombre siempre le gusta escuchar esas cosas.

–A una chica también. No espero que me digas que soy la mejor, pero un «ha estado muy bien» no estaría mal.

–No sabía que tenía que darte nota –Severo rio mientras acariciaba su pelo–. Pero lo recordaré para la próxima vez.

–¿Va a haber una próxima vez?

–Yo creo que sí, ¿tú no?

Capítulo 9

NEVE, con un brazo sobre la cabeza y una sonrisa en los labios, se sentía más feliz que nunca.

Incluso ahora, después de haber hecho el amor, Severo la besaba como si siguiera deseándola, como si no pudiera cansarse de ella.

—¿Sabes lo que me gustaría hacer?

—Dame cinco minutos...

—¡No, no eso! —Neve soltó una carcajada.

—Ah, me rechazas. Y después de decirme que era el mejor. Supongo que se lo dices a todos.

Neve bajó la mirada, preguntándose cuál sería su reacción si le dijera que no había habido otros.

—Tonto.

—¿Qué es lo que te gustaría?

—Comer, tengo hambre.

Severo se apoyó en un codo para mirarla.

—Nunca he conocido a nadie como tú —murmuró, apartando su pelo de la cara.

Tal vez no se había acostado nunca con una virgen, pensó Neve. Le había sorprendido que no dijera nada cuando descubrió que era la primera vez para ella. Aunque tal vez no se había dado cuenta siquiera.

Pensó que no tendría que explicarle su falta de experiencia, pero tal vez debería haberlo hecho. Especialmente si él estaba comparándola con otras amantes.

—¿Qué clase de mujer crees que soy?

—Una que exige que le dé de comer después del sexo. Aunque yo no suelo estar entonces —Severo se levantó y, desnudo, se dirigió a la cocina.

—¿No sueles estar?

—No suelo pasar la noche con mis amantes.

—¿Nunca?

—Nunca —respondió él—. ¿Quieres un sándwich? Aquí hay varias clases de embutidos.

—Sí, muy bien —Neve lo seguía con la mirada—. ¿Nunca, de verdad?

Ella no era una experta, pero le parecía muy raro. ¿Sería un hombre que había perfeccionado el sexo pero estaba en la clase de principiantes en lo que se refería a las relaciones sentimentales?

—Me gusta tener mi espacio y me aburro fácilmente.

Esa admisión dejó a Neve sorprendida.

—Ah, ya veo. ¿Preferirías que durmiese arriba?

—¿De qué estás hablando?

—No quiero aburrirte —dijo ella, molesta.

Severo volvió al sofá y dejó el plato con el sándwich sobre la mesa.

—Si sigues diciendo esas cosas, me vas a aburrir –mintió, incapaz de imaginar que aquella mujer lo aburriese nunca. Que lo irritase y lo sacara de quicio, desde luego. Pero aburrirlo, no, imposible.

–¿Y cómo te soportan esas mujeres? No entiendo...

El resto de la frase se perdió en la boca de Severo. Cuando se apartó, los dos respiraban con dificultad.

–¿Te dan pena mis amantes?

Sentía celos de sus amantes, en realidad.

–No.

–¿Entonces lo dices por ti?

–¿Cómo voy a decirlo por mí? Esto solo es... una aventura de una noche.

La magia se desvanecería como un sueño en cuanto volviesen al mundo real. Pero Neve no quería pensar en ello ahora. Era su momento y quería dejarse llevar por la fantasía.

Y Severo era una fantasía hecha realidad.

–Posiblemente.

–¿Cómo que posiblemente? ¿Cuántas veces vamos a quedarnos atrapados en una tormenta de nieve?

–Normalmente no necesito una tormenta de nieve para hacer feliz a una mujer en la cama.

–Ah, veo que tienes una gran opinión sobre ti mismo –replicó ella, tomando el sándwich.

–Nunca le he mentido a una mujer para llevármela a la cama –dijo Severo.

Y tampoco había tenido que hacer tantos esfuerzos para convencer a una de que se quedara, pensó.

¿Por qué lo hacía?

La respuesta no era complicada: hacer el amor con Neve había sido especial, diferente.

–Quiero pasar la noche contigo –le dijo casi sin darse cuenta.

–¿Porque no puedes irte a ningún sitio?

–No, porque quiero hacerlo –respondió Severo. Eso era suficiente para él, no tenía que preguntarse nada más–. Además, tengo que compensar por estos seis meses.

«Y yo tengo que compensar toda una vida», pensó Neve. Era extraño, ella nunca se había visto como una persona fogosa y, sin embargo, se sentía feliz con el descubrimiento de su parte femenina.

–Una noche podría no ser suficiente.

–¿Qué estás diciendo? –replicó ella.

¿Qué estaba diciendo?, se preguntó él.

–Que podemos vernos en otra ocasión.

Neve apartó la mirada, pero no antes de que Severo viese un brillo de duda en sus ojos.

Tener que convencer a una mujer era una experiencia absolutamente nueva para él. Y no le gustaba en absoluto.

–No sabemos nada el uno del otro. Puede que no vivamos en el mismo país siquiera.

–Bueno, pues cuéntame algo de ti misma.

–No es tan sencillo…

–Sé que tienes una hijastra y que has estado casada. ¿Tienes más familia?

Normalmente, esa era una información que no le interesaba nada. Pero con Neve todo era diferente.

–Un hermano. Nuestros padres murieron en un accidente cuando yo tenía catorce años.

–¿Y dónde vives?

–¿Esto qué es, una cita en Internet? –protestó ella.

–La atracción entre dos personas no tiene nada que ver con el código postal o el amor por la literatura. Es química pura.

Sin pensar, Neve se encontró asintiendo con la cabeza.

–Vivo en Londres.

–Yo tengo varias residencias, pero vivo en Londres gran parte del año. ¿Ya has comido suficiente? –le preguntó, señalando el plato vacío.

–Sí, gracias.

–Por fin –Severo sonrió mientras la tumbaba en el sofá–. No podía besarte con la boca llena.

La besó en los labios y luego en otras partes de su cuerpo… y Neve pensó que iba a morirse de placer.

Cuando Severo despertó, poco antes del amanecer, el brazo sobre el que Neve apoyaba la cabeza se le había dormido y lo sacó con cuidado, intentando no despertarla.

Dormía como una niña, con la cabeza en su pecho, tumbada sobre él en la misma postura que cuando se quedó dormida unas horas antes.

Habían hecho el amor hasta que los dos quedaron exhaustos...

Él tenía un sano apetito sexual, pero lo de la noche anterior había sido... diferente. Ninguna mujer lo había excitado nunca como lo excitaba Neve. Ni lo había satisfecho como ella y, aun así, seguía deseándola.

Se había quedado dormida entre sus brazos, pero seguía asombrándolo verla a su lado.

Él había tenido muchas relaciones en su vida, pero siempre dormía en su propia cama y no le gustaban las charlas después del sexo. Una persona podía estropear una noche con una conversación.

Con Neve había sido increíble. Era tan apasionada, tan natural, tan increíblemente generosa. Lo daba todo sin pedir nada a cambio.

Pero también habían hablado, se habían reído juntos. Sabía que tenía un hermano que se llamaba Charlie, que podría triunfar en la vida si de verdad se aplicase a algo, sabía que tenía cosquillas y que le encantaban la leche y el chocolate negro.

Suspirando, apartó el pelo de su cara. Neve murmuró algo en sueños y se apretó más contra él, buscando el calor de su cuerpo.

La calefacción se había apagado en algún momento de la noche y hacía frío en el salón, de modo que la tapó con la manta y pasó los dedos por su cara, maravillándose de la textura de satén de su piel.

Iba a besarla, pero se contuvo. Si iba a ayudarla a buscar a su hijastra, tendría que dormir al menos un par de horas.

Una cosa era segura: no iba a quedarse satisfecho solo con una noche.

Pero intuía que Neve no era la clase de mujer que aceptaría solo una relación sexual. Querría más, estaba seguro. La cuestión era si estaba dispuesto a darle esa parte de sí mismo que siempre había guardado celosamente.

Neve abrió los ojos entonces y Severo la saludó con un afectuoso:

—Hola, *cara*.

Ella parpadeó un par de veces, como si no lo reconociera. Y luego, como si se le hubiera encendido la bombilla, esbozó una sonrisa. Una sonrisa tan sincera que lo dejó sin aliento.

—No ha sido un sueño. Y me alegro mucho —Neve se estiró, haciendo una mueca de dolor cuando ciertos músculos que no había usado nunca empezaron a protestar.

—¿Has dormido bien?

—Sí, muy bien. ¿Qué hora es?

—Aún es de noche.

Neve se dio cuenta entonces de que estaba mirando sus pechos desnudos y, avergonzada, se tapó con la manta.

—¿Después de lo que pasó anoche tienes vergüenza? —Severo soltó una carcajada. Había explorado cada centímetro de su cuerpo y ella se había mostrado igualmente curiosa por el suyo, con una deliciosa falta de inhibiciones.

Neve frunció el ceño, pensativa.

–Lo de anoche fue… –lo que más le asombraba no era lo que habían hecho, sino lo natural que le había parecido–. ¿De verdad era yo?

–A menos que tengas una hermana gemela.

–No, no tengo hermanas.

–Solo un hermano.

–¿Cómo lo sabes?

–Me lo has contado tú, se llama Charlie. Me contaste muchas cosas sobre él.

–Oh, no, debiste aburrirte muchísimo.

Según le habían dicho, los hombres preferían dormirse después del sexo, pero él no se había dormido.

–Fuiste muchas cosas anoche, pero te aseguro que aburrida no es una de ellas –Severo se apoyó en un codo para acariciar su pelo, pero entonces notó un hematoma en su brazo–. ¿Te lo he hecho yo?

–¿Qué?

–Ese moratón en el brazo.

–Ah, eso, no te preocupes, me ocurre a menudo. Debió ser cuando el coche patinó en el hielo –Neve hizo una mueca–. Cuando lo veas, te vas a enfadar, por cierto.

–Me había asustado. Nunca le había hecho un moratón a una mujer.

Ella parecía tan frágil, tan delgada, que la posibilidad de hacerle daño lo angustiaba.

–No te preocupes, no es nada.

–Por cierto, yo también me alegro de que lo de anoche no fuera un sueño.

Neve lo miró, preguntándose si había notado un cierto anhelo en su voz. Pero no, seguramente sería su imaginación. Sin embargo, cuando lo miró a los ojos se dio cuenta de que en ellos había un brillo especial… no, no era su imaginación.

–Yo creo que la realidad es mejor que los sueños.

–Lo de noche lo fue, desde luego –asintió él–. Pero me sigue pareciendo como si hubiéramos dejado algo sin terminar. ¿Crees que sería buena idea que volviéramos a vernos algún día?

–¿Quieres que salgamos juntos?

Severo sonrió.

–Yo estaba pensando más bien que «no saliéramos», pero sí, algo así como una cita. Puedes pensártelo si quieres.

Neve rio, tan contenta como si fuera su cumpleaños. No, como si fueran todos sus cumpleaños en un solo día

–No tengo que pensarlo –le dijo, poniendo una pierna sobre sus muslos–. Me gustaría mucho «no salir» contigo. ¿Eso significa que eres mi novio?

–Si tú quieres… –Severo bajó las manos para acariciar su trasero. No quedaba mucho tiempo y él no tenía intención de perder ni un segundo.

Neve sintió un escalofrío cuando sus bocas se encontraron, la de Severo posesiva y ardiente. Las caricias se volvieron frenéticas y, tan enloquecidos estaban, que resbalaron desde el sofá al suelo.

–¿Te has hecho daño? –le preguntó él.

–No pares –musitó Neve, tirando de sus hombros.

Severo, que no hubiese podido parar aunque quisiera, no tuvo ningún problema para obedecer la orden.

–No me canso de ti, pero pienso intentarlo –le dijo, metiendo una mano entre sus piernas para deslizar los dedos por sus íntimos pliegues.

Neve arqueó la espalda, mordiendo su cuello.

–Por favor, Severo, ahora…

–Enreda tus piernas en mi cintura, *cara*.

Un segundo después lo sintió dentro de ella, ensanchándola, poseyéndola, haciéndola sentir una mujer plena.

Severo no paraba de besarla mientras la hacía suya. Se movían al mismo ritmo, como si llevaran haciendo aquello toda la vida. Sus cuerpos, sus gemidos, sus jadeos, todo parecía sincronizado.

Cuando se dejaron ir por fin, permanecieron en el suelo, sin apartarse un centímetro, intentando llevar aire a sus pulmones. Neve cerró los ojos, disfrutando del peso de su cuerpo, de su aliento en el cuello, del olor de su piel.

Por fin, Severo se apartó, sin saber si era insaciable o estaba loco y sin que eso le importase.

–Te aseguro que volveremos a hacer esto muy pronto.

Estaba saltándose todas las reglas y no le importaba en absoluto.

Capítulo 10

NEVE miró los muros grises de la casa por última vez. Había entrado allí siendo una mujer y se marchaba siendo otra completamente diferente. Severo había sugerido que se quedaran hasta que los encontrasen los del equipo de rescate y la verdad era que había sentido la tentación de decir que sí, pero había salido el sol y no veía ninguna razón, aparte de su deseo de seguir con él, para no volver al mundo real.

–¿Has dejado una nota?

–Me lo has preguntado cuatro veces, Neve. Sí, he dejado una nota con mi número de teléfono y la promesa de que pagaré todos los daños. Soy el rey de la cortesía entre los allanadores de morada, así que puedes relajarte.

Aunque él sabía que no sería posible. Neve estaba nerviosa y deseando salir a buscar a su hijastra. Tanto, que resultaba imposible no comparar su comportamiento con el de Livia.

La nieve del sendero crujía bajo sus pies. Todo, pensó ella mirando alrededor, parecía tan diferente a la luz del día…

–A mí no me gustaría llegar a casa y descubrir que alguien ha estado allí.

–Cuidado –dijo él, tomándola del brazo cuando resbaló en la nieve.

Considerando que apenas habían pegado ojo esa noche era un milagro que pudiera tenerse en pie, pero no parecía cansada. Y a pesar de la energía que él había gastado bajo las sábanas… bueno, no había habido sábanas en realidad, solo una mujer cálida y ardiente a su lado, también él se sentía como nuevo.

–Pero tampoco querrías encontrarte con un extraño muerto de frío en la puerta de tu casa.

–No, claro que no –admitió ella, pensando que Severo había sido un extraño hasta unas horas antes. Y ahora eran amantes. Neve sonrió al pensar eso, pero era una sonrisa cautelosa.

La noche anterior se había dejado llevar, aún no sabía bien por qué. Pero no estaba convencida de que la frágil relación que había florecido esa noche pudiera sobrevivir en el mundo real.

–Además, seguro que el propietario de la casa tendrá cosas más importantes que hacer –siguió él–. Ten cuidado, vas a resbalar otra vez.

–¿Qué cosas?

Severo se alegró de compartir con ella su teoría. Al menos así Neve dejaría de pensar en Hannah, la adolescente a la que le gustaría sermonear por hacérselo pasar tan mal.

–¿Has visto que las puertas del garaje estaban abiertas?

–Sí.

–Y en el piso de arriba había una habitación infantil llena de cosas nuevas.

–No la he visto.

–Aún olía a pintura y la cuna y todo lo demás era nuevo.

–¿Crees que la propietaria de la casa está embarazada?

–Creo que se puso de parto durante la tormenta, por eso se marcharon a toda prisa, dejando las luces y la estufa encendidas.

–Ah, claro, tienes razón. Qué horror, espero que pudiesen llegar al hospital –murmuró Neve, frunciendo el ceño al imaginar aquel viaje de pesadilla–. ¿Te imaginas el susto de ponerte de parto en una noche de tormenta?

–La idea del parto me da pánico –dijo él. Pero más miedo le daba pensar en la mujer a la que amaba dando a luz.

–A mí también.

–Eres demasiado joven para pensar en tener niños.

–Esa es tu opinión, pero no tiene por qué ser la mía.

–Supongo que todas las mujeres están programadas genéticamente para tener hijos.

–No, no lo creo. Y tampoco creo que todos los hombres estén programados para ser padres.

–Desde luego que no.

Neve lo miró, preguntándose si estaba hablando de sí mismo.

Una pena porque un niño que heredase sus genes sería guapísimo. Tontamente, sonrió al imaginar un niño de pelo y ojos oscuros como él…

–Para los hombres es diferente. Estamos programados para dejar embarazadas a las mujeres, no para criar niños.

Afortunadamente, Severo había recordado usar preservativo la noche anterior. Incluso cuando los dos perdieron el control…

Neve se detuvo entonces, llevándose una mano al corazón. No, por la mañana los dos habían olvidado tomar precauciones. Pero si un solo error tenía consecuencias sería una cruel broma del destino.

–¿Qué ocurre?

–Nada, estaba pensando… espero que esa mujer esté bien, que haya llegado al hospital a tiempo –dijo, en cambio. Sería absurdo preocuparlo sin saber si había ocurrido algo.

–Puede que yo esté equivocado. A lo mejor no hay ninguna mujer embarazada. A lo mejor olvidaron apagar las luces cuando fueron al supermercado.

–No, yo creo que tienes razón. Podríamos llamar al hospital cuando encontremos un teléfono.

Severo frunció el ceño. Evidentemente, no había sido tan buena idea compartir su teoría con ella.

–Había comida para perro en el armario, ¿por qué no llamamos también a todas las perreras?

Neve, ¿no es agotador sentirte responsable por todo?

–Oye, que tampoco soy tan boba –protestó ella, indignada.

La mirada de Severo, teñida de ternura, enseguida se convirtió en irritación. La ternura era un concepto extraño para él.

–No, pero tienes el corazón demasiado blando.

Neve, que estaba mirando fijamente hacia delante para no resbalar, señaló algo con la mano.

–¡Mira, ahí abajo está la carretera! Es la carretera, ¿verdad?

–Eso parece –dijo él–. Si vamos con cuidado llegaremos en media hora más o menos.

Tardaron veinte minutos porque Neve no hizo caso de su consejo de ir más despacio. Y estaba agotada cuando llegaron, pero como parecía tan angustiada, Severo contuvo el deseo de decirle que la había advertido.

–¿Y ahora qué? –preguntó ella, mirando a un lado y otro de la carretera por la que no había pasado la máquina quitanieves.

–Tenemos que seguir por aquí. La cuestión es hacia dónde, el Norte o el Sur.

–El Sur –sugirió Neve, señalando hacia la derecha.

–Eso es el Norte.

–Ya lo sabía –dijo ella, sin poder evitar una sonrisa.

–No piensas admitir que estabas equivocada, ¿eh?

Severo siguió charlando y haciendo bromas durante veinte minutos más, pero las respuestas de Neve empezaban a convertirse en monosílabos. A medida que progresaban y no encontraban ni rastro de Hannah, ni de ningún otro ser humano, Neve empezaba a angustiarse de verdad.

–Estamos perdidos. Tenías razón, deberíamos haber esperado en la casa.

Verla tan desesperada le rompía el corazón, pero no quería darle falsas esperanzas.

–Estás cansada, eso es todo.

–Sí, desde luego. ¿Y si no encontrásemos a Hannah? ¿Y si…? –Neve sacudió la cabeza–. Todo esto es culpa mía.

–Empiezo a preguntarme qué no es culpa tuya, *cara*.

–Hannah huyó de mí.

Severo vio una solitaria lágrima rodando por su mejilla y reconsideró su decisión de no darle falsas esperanzas. Tal vez eso sería mejor que nada, pensó. No soportaba verla sufrir.

De modo que la tomó por la cintura, empujando su cabeza para apretarla contra su pecho.

–¿Por qué asumes lo peor? Las cosas siempre parecen más difíciles cuando uno está cansado y tú estás agotada –murmuró, tomándola en brazos.

–¡No puedes llevarme en brazos!

–Claro que puedo.

Unos minutos después, Neve había recuperado algo de color en la cara y parecía un poco más animada.

Pero solo temporalmente.

Unos minutos después, Neve volvió a desesperarse al ver su coche tirado en la carretera. Pero Hannah no estaba dentro.

–No saques conclusiones precipitadas –le aconsejó él.

–¡Ha volcado! ¿Cómo no voy a sacar conclusiones? –Neve sacudió la cabeza, con el corazón encogido.

–Lo que digo, *cara*, es que no sabemos lo que ha pasado.

El coche parecía haber dado una vuelta de campana antes de caer y estaba casi enterrado por la nieve. Si no hubieran estado a punto de chocar con él ni siquiera lo habrían visto.

–¿De verdad crees que no le ha pasado nada?

–Es posible.

–No te he preguntado si es posible, te he preguntado lo que piensas. En general, no tienes ningún miedo de dar tu opinión. De hecho, es difícil evitar que lo hagas. ¡Di algo, maldita sea! –Neve lo miró, con los ojos llenos de lágrimas.

–Creo que ha llegado la caballería.

–¿Qué?

Severo señaló con la mano y Neve vio un pequeño convoy de vehículos que se dirigían hacia ellos. Una máquina quitanieves los precedía y, tras ella, un coche de policía y una ambulancia.

–¿Crees que sabrán algo sobre Hannah?

–Pronto lo sabremos.

Un minuto después, el convoy de coches se detenía a su lado.

Capítulo 11

NO fue una sorpresa que varias de las personas que salieron de los coches llevasen uniforme. Lo inesperado fue ver que una de esas personas tenía mechas azules en el pelo…

–¡Hannah! –gritó Neve, corriendo por la nieve.– ¡Hannah!

Sonriendo para sí mismo, Severo la siguió, aminorando el paso deliberadamente para darles unos minutos a solas.

Pero al acercarse se dio cuenta de que no era el encuentro emotivo que había imaginado.

Neve intentó abrazar a la chica, varios centímetros más alta que ella, pero Hannah se apartó con gesto desdeñoso.

–¡Todo es culpa tuya! Si me hubieras dejado ir a Francia con Emma, nada de esto habría pasado. ¡Pero no, tuviste que obligarme a pasar las vacaciones contigo porque solo eres feliz cuando yo lo paso mal! ¡Ojalá te hubieras muerto!

–Hannah, lo siento mucho.

Severo, que acababa de llegar a su lado, se quedó atónito.

–Deja de actuar –siguió la chica–. Puedes ser tú misma, la aprovechada de siempre.

Severo tuvo que hacer un esfuerzo sobrehumano para controlarse al ver que Neve se mordía los labios, angustiada. Le parecía increíble que no intentara defenderse de las acusaciones de aquella niñata.

–Ah, claro, y ahora aparecen las lágrimas –dijo Hannah, despreciativa–. Así conseguirás que todos se pongan de tu lado.

Esa fue la gota que colmó el vaso. La chica había perdido a su padre, pero eso no excusaba su comportamiento.

Neve se quedó sorprendida cuando Severo se colocó a su lado. En realidad, había esperado que hiciese todo lo contrario. Dudaba que muchos hombres conocieran a una mujer un día y al día siguiente se encontrasen en medio de una disputa familiar.

Hannah, al notar el gesto protector, se volvió hacia él.

–¡Pregúntele! ¡Pregúntele si quería a mi padre! ¡Si no hubiera sido millonario, no lo habría mirado dos veces! –luego volvió a mirar a Neve, furiosa–. ¿Crees que no sé que te casaste con él por dinero? Pero no esperabas tener que aguantarme a mí también, claro.

Neve sabía que Hannah estaba atacándola porque se sentía perdida y sola, pero no podía dejar que siguiera diciendo barbaridades.

–Tú no eres una carga para mí, Hannah. Y yo sé lo que es perder a tus padres porque me pasó lo mismo. Solo quería ser tu amiga…

–¿Amiga? Como que estoy tan desesperada –la interrumpió Hannah–. Seguro que te habrías alegrado si hubiera muerto anoche.

–¿Cómo puedes decir eso? Sé que echas de menos a tu padre, pero es absurdo que…

–¡No te atrevas a hablar de mi padre!

–¡Ya está bien! –exclamó Severo entonces–. Pídele disculpas ahora mismo.

–¿Qué tiene que ver con usted? No se meta en esto.

–Estoy esperando que le pidas perdón a Neve.

–Pues ya puede seguir esperando –Hannah parecía estar perdiendo el valor al enfrentarse con la mirada de Severo, pero aun así levantó la cabeza con gesto orgulloso–. Ni siquiera sé quién es usted.

–Da igual quién sea, te estoy pidiendo que te disculpes con Neve. ¿Sabes que, a pesar del peligro, salió del refugio y te buscó en medio de la tormenta? Podría haber muerto por tu culpa.

–¡Ella me odia!

Severo la miró con expresión desdeñosa.

–Y no me extrañaría nada que lo hiciera. ¿No te da vergüenza portarte así?

–Severo, ya está bien –intervino Neve entonces.

–No, yo creo que no está bien –la contradijo

él–. En mi experiencia, el odio no motiva a una persona a arriesgar su vida por otra.

–Ella no… –empezó a decir Hannah.

–Neve fue a buscarte y se perdió en la nieve –la interrumpió él–. Tu madrastra arriesgó su vida para salvarte y tú se lo pagas insultándola. ¿Eso te parece bien?

–Fue culpa suya…

–No he terminado de hablar. Mucha gente ha arriesgado su vida para salvarte y todo porque eres una niñata caprichosa. Así que, en lugar de echar la culpa a los demás por tu comportamiento, deberías dejar de compadecerte de ti misma, hacerte responsable de tus actos y mostrar algo de gratitud.

Neve dio un paso adelante, su blando corazón encogiéndose al ver las lágrimas de Hannah.

–Severo, déjalo. ¿No ves que está disgustada? Solo estás empeorando las cosas.

–¿Tú crees?

Neve tuvo que reconocer que las cosas entre Hannah y ella no podían empeorar.

–Estoy esperando.

Para sorpresa de Neve, su hijastra levantó la mirada.

–Lo siento, yo no quería organizar todo este jaleo. Y no quería… no quería que te murieses, no es verdad.

–Y yo me alegro mucho de que no te haya pasado nada –Neve la abrazó y Hannah se puso a llorar, enterrando la cara en su hombro.

Pensando que su presencia allí era innecesaria, Severo se alejó unos metros.

Una figura de uniforme apareció a su lado.

—¿Son ustedes los que se refugiaron en Coombe Barn? ¿Nos llamó por teléfono anoche?

—Sí, soy yo —asintió Severo, estrechando su mano—. Severo Constanza.

—Debe pensar que hemos exagerado —dijo el policía, señalando la ambulancia.

—No, me alegro de que hayan venido.

—La chica fue recogida por un vecino que volvía de encerrar al ganado. Ha tenido una suerte tremenda de escapar con vida del accidente, pero aún no entiendo cómo se le ocurrió subir al coche en medio de una tormenta de nieve y sin tener carné de conducir…

—Creo que es una historia un poco complicada —dijo Severo.

—Sí, ya veo —asintió el policía, mirando a Neve y Hannah—. Los del helicóptero nos dijeron que habían visto a dos personas anoche y que una de ellas llevaba a la otra en brazos, por eso pensamos que había algún herido.

—No, estamos bien los dos. Y gracias por todo.

Neve ayudó a Hannah a subir al coche patrulla y, después de prometerle que volvería enseguida, corrió a despedirse de Severo.

Agotada después del enfrentamiento con su hijastra, suspiró mientras apretaba su mano.

–Siento mucho todo ese drama.

–No tienes por qué pedir disculpas, no ha sido culpa tuya –dijo él–. ¿Por qué dejas que te trate así?

–No es fácil perder a un padre siendo tan joven. Hannah está furiosa con el mundo, con la vida, con todo.

También ella se había sentido furiosa con sus padres por morir y dejarla sola.

–¿Pero por qué dirige su furia hacia ti? –insistió Severo.

Neve llevaba esa tolerancia a límites absurdos y mientras siguiera haciéndolo Hannah se aprovecharía.

–Incluso antes de que James muriese había fricciones entre nosotras –admitió ella–. Después... bueno, ya es bastante horrible ver tu nombre en todos los titulares pero para una adolescente es aún peor –Neve sacudió la cabeza–. Te aseguro que las adolescentes no son los seres más amables del mundo.

–¿Qué titulares? –preguntó Severo.

Neve deseó no haber sacado el tema. Tal vez debería habérselo contado por la noche... pero en realidad no había ningún buen momento para contar algo así.

–Cuando James murió, publicaron muchas mentiras sobre nuestro matrimonio –empezó a decir

Neve, intentado no darle demasiada importancia porque estaba decidida a que ese horrible episodio no la amargase–. Decían que yo era una cazafortunas.

Había esperado que Severo viese el lado divertido de la historia, pero su seria expresión sugería que no era así.

Neve se había quedado sorprendida por cómo la había defendido de Hannah y le gustaba que se pusiera de su lado, pero llevaba muchos años cuidando de sí misma y no estaba esperando un príncipe azul que librase sus batallas.

Pero el silencio se alargó. Neve intentaba creer que era por agotamiento o tal vez por la sorpresa…

–¿Tú eres la viuda de James Macleod? –le preguntó por fin.

–Sí, soy yo.

–James Macleod –repitió Severo. «La viuda alegre» la llamaban.

Él no tenía costumbre de leer las revistas de cotilleos, pero desgraciadamente aquella era una historia que sí había seguido y no solo porque conociera a James. El pobre James, engañado por una mujer joven, manipuladora y falsa… podría ser la historia de su padre.

Pero al menos Livia no se había casado con un moribundo.

Neve sí.

Severo intentó reconciliar a aquella mujer de

brillantes ojos azules con el monstruo del que hablaban en las revistas.

Incluso había tenido un compinche: su hermano.

—¿Conocías a James?

—Sí, lo conocía.

Angustiada al ver su expresión helada, Neve apartó la mano de su brazo. Estaba pasando algo, no sabía qué, pero no era bueno. ¿Seguiría enfadado por lo de Hannah?

—James se encargó de las Relaciones Públicas en varios proyectos de mi empresa.

—Ah, qué coincidencia.

—Sí, la vida está llena de coincidencias.

¿Era una coincidencia que él hubiera estado a punto de caer en la misma trampa que su padre o sería una cuestión genética?

Severo rechazó la posibilidad de que él fuera a cometer los mismos errores que su padre.

—En fin, la cuestión es que contaban muchas mentiras sobre mí, y Hannah las creyó. Debes entender que no es mala...

—Entiendo muy bien a Hannah.

¿Cómo no iba a hacerlo? Él había sido Hannah, el niño al que nadie escuchaba, el que intentaba evitar que su padre destrozase su vida por una mujer que no merecía la pena.

Y él había estado a punto de caer en la misma trampa...

Severo sonrió, desdeñoso. Neve había hecho el

papel de inocente madrastra en apuros y él se lo había creído.

Lo peor de la situación era que incluso ahora, sabiendo lo que sabía, una parte de él quería que todo aquello fuese un error. Pero se avergonzaba de ser tan blando y esa vergüenza se convirtió en resentimiento.

—James era un hombre muy rico.

Neve lo miró, perpleja. ¿También él la creía una cazafortunas? ¿Por qué había pensado que sería diferente?

—Y tenía… ¿treinta años más que tú?

—James era un hombre maravilloso —dijo Neve, que empezaba a darse cuenta de que eso era una rareza.

—¿Y te casaste con él porque era un hombre maravilloso o porque era un hombre muy rico?

—No, no fue por eso.

—Entonces, no te dejó dinero en su testamento —dijo Severo. ¿Se lo habría gastado ya? Ah, tal vez conocerlo a él le había parecido una buena oportunidad.

—Sí, pero yo no quería que me dejase nada. No he tocado su dinero.

—¿Sabías que James se estaba muriendo cuando te casaste con él?

—Sí, claro que lo sabía.

—Te casaste con un moribundo que te dejó dinero en su testamento. Está muy claro por qué te casaste con él.

Neve vio el brillo de condena en sus ojos y se puso furiosa. Pero no iba a defenderse ante aquel hombre que se creía con derecho a juzgarla.

¿Cómo se atrevía?

De modo que se irguió todo lo que pudo y lo miró, desafiante.

—Mi relación con James no es asunto tuyo.

Severo vio que una lágrima rodaba por su mejilla y apretó los dientes para no ablandarse.

—Yo diría que tu relación con James no fue tal relación. Te aprovechaste de él, simplemente. Imagino que serías su amante durante un tiempo.

—Puedes imaginar lo que te dé la gana —replicó ella—. ¿Sabes una cosa? Eso es lo que tú quieres creer, sencillamente.

—La historia salió en todas las revistas…

—Y uno siempre tiene que creer en la integridad de los periodistas que cubren ese tipo de escándalos, por supuesto —lo interrumpió Neve, airada—. Además, de es modo puedes marcharte sin mirar atrás y sin quedar como un inmaduro al que asustan los compromisos.

—No te tolero que me hables en ese tono —dijo él, pálido.

—¡Te hablo en el tono que tú me hablas a mí! —contestó Neve—. Pareces creer que todas las mujeres con las que te cruzas quieren llevarte al altar, ¿no? Pues lo siento pero conmigo te equivocas. No te preocupes, casarme otra vez es lo último que deseo. Soy libre y pienso seguir así mucho tiempo.

Neve se dio la vuelta, la imagen de ese rostro pálido y furioso grabada en su mente. Cuando notó que alguien ponía una mano en su hombro, se volvió, dispuesta a decirle dónde podía meterse la disculpa, pero no era Severo, sino uno de los policías.

El hombre le recordó que Hannah había conducido un vehículo sin permiso de conducir, pero afortunadamente por esa vez iban a dejarlo pasar. Con un poco de suerte, dijo el policía, el accidente habría servido para que Hannah se hiciera responsable de sus actos. Aunque Neve no las tenía todas consigo.

Cuando tuvo que enfrentarse con la elección de subir al coche patrulla con Severo o con una adolescente que la odiaba, decidió ir con Hannah.

Afortunadamente, la comisaría estaba al lado de la estación de tren y Neve aminoró el paso, esperando que Severo hubiera desaparecido. Pero no tuvo suerte. Cuando cruzaba la calle para ir a la estación, con Hannah unos pasos detrás de ella, vio un lujoso deportivo aparcado frente a la comisaría. Y subiendo al deportivo, una mujer alta, rubia e increíblemente guapa, con un vestido rojo y botas de tacón.

Y Severo le estaba abriendo la puerta.

El corazón de Neve se detuvo durante una décima de segundo.

—¡Señora Constanza! —un empleado de la estación corrió hacia el coche con una bolsa en la mano.

La mujer se volvió y el corazón de Neve se rompió en pedazos.

Severo estaba casado. Se había acostado con un hombre casado.

Y no sabía a quién despreciaba más, a Severo o a sí misma. Furiosa, tomó a Hannah del brazo.

—¿Adónde vamos?

—Cuando lo sepa, te lo diré.

Fueron a una cafetería cercana donde se sentaron hasta que Neve dejó de temblar. Por fuera, al menos.

Capítulo 12

NADIE llevará un vestido como este –anunció Hannah, bailando por la cocina con un vestido de los años cincuenta que Neve había llevado a casa para que la adolescente se lo probara.

–¿Te queda bien?

–Me queda perfecto –exclamó su hijastra, entusiasmada–. Y estoy guapísima.

–Sí, es verdad –Neve asintió, pensando que jamás habría imaginado que Hannah le hablase y mucho menos que le pidiera consejo.

En esos tres meses, habían ocurrido muchas cosas que poco antes le habrían parecido imposibles. Y todo se debía a una noche. Una noche y una persona en concreto que habían puesto su vida patas arriba.

Incluso su relación con Hannah, que se había tomado muy en serio la reprimenda de Severo. Pero había un cambio más importante.

Estaba embarazada.

No podía creerlo. Ni siquiera cuando ponía una mano sobre su abdomen. Claro que apenas se le notaba…

Y no había tenido mucho tiempo para acostumbrarse a la idea. En ningún momento se le había ocurrido que pudiese estar embarazada. Se preguntó si sencillamente habría borrado de su mente esa posibilidad porque no podía lidiar con ella.

Fuera cual fuera la razón, no se le había ocurrido relacionar el cansancio continuo con un embarazo. Ella creía que era porque trabajaba muchas horas.

Y si no hubiera ido al médico porque no era capaz de conciliar el sueño, seguiría sin saber que estaba embarazada.

Neve había vuelto a casa mareada y, cuando Hannah volvió del colegio, la encontró sentada en el cuarto de baño, llorando, después de hacerse una prueba de embarazo con la absurda esperanza de que el médico se hubiera equivocado.

Y su hijastra entendió enseguida. Claro que el palito que tenía en la mano debía haber sido una pista.

—¡Dios mío, estás embarazada!

Neve asintió con la cabeza y Hannah se sentó a su lado.

—El padre es el italiano ese tan guapo, ¿verdad? ¿Cómo se llamaba?

—Severo Constanza —decir su nombre en voz alta hizo que Neve llorase más aún.

—¿Y él lo sabe?

—No.

—¿Vas a decírselo?

Era una pregunta que Neve se estaba haciendo a sí misma.

–Sí... no... no lo sé. No sé dónde encontrarlo siquiera.

Estaba casado, pensó entonces. Claro que no tenía intención de contarle aquello a su hijastra. Haber mantenido relaciones sin protección no era algo que la cualificase como modelo a seguir para una adolescente, pero si además añadía que el padre del niño era un hombre casado...

–Los hombres son unos cerdos –dijo Hannah entonces.

Neve casi podría estar de acuerdo, pero sabía que una manzana podrida no era razón para pensar que todas lo estuvieran.

–No todos. Tu padre no lo era.

Sabía que era un riesgo mencionar a James, pero no podía evitar el tema para siempre.

–No, es verdad. Pero Paul Wilkes sí lo es. La semana pasada me pidió que fuese al baile de graduación con él y luego me dijo que no porque iba a ir con Clare.

–Ah, un cerdo, desde luego –asintió Neve, asombrada de compartir un momento de intimidad con su hijastra.

Hannah sonrió. Pero la sonrisa desapareció cuando miró su abdomen.

–Un niño, madre mía.

El siguiente fin de semana, Hannah volvió a casa con un montón de papeles en la mano.

–¿Qué es eso?

–He pensado que a lo mejor querrías ponerte en contacto con el italiano, así que lo he buscado en Google y ha salido todo esto. Parece que es una máquina de hacer dinero. Es muy famoso.

–¿Todo esto es sobre Severo?

–No, eso solo es un ejemplo, hay mucho más. Necesitaría una carretilla para traerlo todo –dijo Hannah–. Se publican muchas cosas sobre él y creo que alguien ha escrito un libro sobre un sistema financiero que ha inventado. Ah, y está en muchos comités benéficos, consejos de administración y cosas así.

Eso había sido dos semanas antes y, por el momento, Neve no había usado la información. Seguramente, tendría que hacerlo tarde o temprano, pero pensar en la reacción de Severo la angustiaba.

Seguramente la acusaría de haberse quedado embarazada a propósito y no podría soportar otro enfrentamiento.

Severo miró su reloj por enésima vez. Eran las diez y cuarto y su cita de las diez seguía sin aparecer. Estaba furioso, pero tenía que hacer un esfuerzo para controlarse porque sabía que últimamente andaba corto de paciencia.

Tanto, que había estado a punto de perder a la mejor secretaria que había tenido nunca. Además de obligarla a trabajar muchas horas, se mostraba brusco, impaciente... hasta que ella lo amenazó con marcharse.

Y tenía razón, debía tranquilizarse. El problema no tenía nada que ver con la oficina. El problema era Neve. La había dejado marchar sin decir nada después de esa última réplica, como si ella llevase la razón.

¿Por qué no había dicho algo?

Para Severo, la conexión entre ese silencio y la furia que sentía era bien clara. Para ser un hombre que se enorgullecía de controlar su vida con mano de hierro, aquella era una situación intolerable, casi tan intolerable como despertar cada mañana pensando en ella.

Tenía que quitarse a la pelirroja de la cabeza como fuera.

Y si para eso tenía que estar en la cama con ella veinticuatro horas seguidas, haría ese sacrificio con gusto.

Entonces, sonó el intercomunicador.

—¿Ha llegado por fin?

—No, pero tiene una llamada de una tal señorita Macleod.

Severo contuvo el aliento durante un segundo. Pero enseguida esbozó una sonrisa de lobo.

Neve había ido a él.

—¿Quiere que le pase la llamada?

—Sí, sí, pásamela.

Severo giró el sillón para mirar hacia la ventana, sus ojos negros brillantes mientras levantaba el auricular.

—Hola, *cara*. Estaba pensado en ti en este mismo instante.

Al otro lado de la línea, hubo un segundo de silencio.

—No soy Cara, soy Hannah. ¿Se acuerda de mí?

Él carraspeó, sorprendido.

—Sí, sí, me acuerdo de ti. ¿Cómo estás?

—Yo bien, pero Neve no.

—¿Ella te ha pedido que me llamases?

—No, me mataría si supiera que lo he llamado. Pero es que no sabía qué hacer. Tengo que irme al colegio y me da pena dejarla sola.

—¿Qué ocurre, está enferma?

—No, enferma exactamente no.

Severo hizo un esfuerzo por contener su impaciencia.

—¿Qué significa eso?

—Estar embarazada no es estar enferma, ¿no? Aunque después de verla vomitar esta mañana, yo creo que no está bien.

Severo sintió como si lo golpearan en la cabeza con un martillo.

—¿Tu madrastra está embarazada? —exclamó, con una mezcla de disgusto y rabia al pensar en el responsable.

¿Sería posible que Neve hubiera estado embarazada la noche de la tormenta?

—Y el niño es suyo —dijo Hannah entonces.

Él tuvo que carraspear de nuevo para encontrar su voz.

—¿Te lo ha dicho Neve?

—Sí.

—Ya veo —murmuró Severo. Lo que veía era lo bajo que podía caer aquella mujer.

—Y como usted es el padre, he pensado que debería cuidar de ella. La verdad es que estoy muy preocupada. No debería estar sola.

—Tranquila, Hannah. Yo me encargaré de todo.

La joven dejó escapar un suspiro de alivio.

—Gracias. ¿Quiere que le dé la dirección?

—Sí, por favor —Severo la anotó en su agenda y después la repitió obedientemente para que Hannah se quedase tranquila.

—¿De cuántos meses está?

Intentaba imaginar a Neve embarazada, pero no era capaz. Cuando la conoció, era tan delgada que podía rodear su cintura con una mano. Podía recordar otras cosas también, pero prefería no hacerlo.

—De tres meses —respondió Hannah, como asombrada de que él no supiera hacer las cuentas—. La verdad es que tenía miedo de que pensara que me lo estaba inventando.

—No, no creo que lo estés inventando —dijo él.

Pero estaba seguro de que Neve sí sería capaz de hacerlo.

Porque era posible que estuviera embarazada, pero no era posible que él fuese el padre.

Esa noche se había dejado llevar por el deseo, pero no hasta el punto de no tomar precauciones. ¿Por qué mentiría Neve sabiendo que una sencilla prueba de ADN demostraría la verdad?

¿Y por qué lo había elegido a él cuando seguramente habría otros candidatos? Candidatos en los que no quería ni pensar.

—Bueno, tengo que irme a clase. Dígale a Neve que no se enfade conmigo, lo he hecho por su bien.

—Lo haré, no te preocupes —le prometió Severo.

Cinco minutos después, Severo llamó a su secretaria por el intercomunicador.

—Cancela el resto de mis citas para esta mañana.

—Muy bien.

—No, mejor cancela todas mis reuniones para hoy.

Durante una hora, estuvo paseando por su despacho, intentando decidir qué debía hacer.

¿Por qué se le habría ocurrido a Neve inventar tan absurda historia? ¿Y por qué lo había llamado su hijastra precisamente?

Perplejo, se pasó una mano por el pelo. Demasiadas preguntas y ninguna respuesta.

Claro que siempre había una respuesta, aunque no fuese la que uno quería escuchar.

Con el ceño fruncido, se acercó a la ventana,

pero no era el cielo de Londres lo que veía, sino un rostro ovalado y unos ojos increíblemente azules…

Severo sacudió la cabeza, furioso consigo mismo por pensar en Neve.

Él había visto a su padre perdonar a la mujer que lo humillaba, y cada vez que lo hacía le parecía que perdía algo como hombre.

Si eso era lo que llamaban amor, no le interesaba en absoluto. Era totalmente inexplicable que su padre no hubiera roto aquella relación tan destructiva. Había tenido muchas oportunidades porque Livia lo dejaba cuando le venía en gana y, sin embargo, cada vez que reaparecía, diciendo que todo había sido un error y que no volvería a pasar nunca, él la aceptaba de nuevo en su vida.

En realidad, pensó, su padre sabía que Livia no iba a cambiar, sencillamente quería creerlo, necesitaba creerlo.

Y él se había visto obligado a presenciar esas escenas en las que su padre se humillaba cada vez más, incapaz de evitarlas. Y se había sentido avergonzado por él, por su debilidad… ¿pero evitar cualquier relación sentimental por miedo a sufrir no era también una debilidad?

De inmediato, apartó de sí tal pensamiento, uno que no habría tenido jamás antes de conocer a Neve.

A veces pensaba que cuando le robó el coche, también le había robado la cordura. Antes de conocerla, su vida había sido totalmente ordenada, la vida personal y la profesional separadas por completo. Pero últimamente los limites entre una y otra se mezclaban y empezaba a perder la concentración.

La diferencia no era el éxito, ya que su empresa seguía funcionando tan bien comos siempre, sino su capacidad para disfrutar de él. Conseguir un objetivo siempre lo había hecho sentir vivo, pero ahora esperaba la descarga de adrenalina… y nada.

La verdad era que se había portado como un idiota esa noche. Afortunadamente, había usado preservativos incluso cuando perdieron la cabeza y terminaron en el suelo… ¿O no?

Severo se quedó inmóvil, todos los músculos de su cuerpo tensos al recordar ese momento.

¿Sería posible?

El fútil debate interno siguió durante unos minutos hasta que, por fin, tomó la chaqueta que colgaba del respaldo del sillón y, con expresión decidida, se dirigió a la puerta.

Ignorar una desagradable posibilidad no haría que desapareciera. No, un hombre tenía que enfrentarse con sus miedos.

Capítulo 13

SEVERO tardó una hora en llegar a la dirección que llevaba anotada en el papel. Pero cuando llegó allí, vio que era una tienda de ropa vintage llamada Inspiración Vintage, con vestidos de los años sesenta en el escaparate.

¿Habría anotado mal el número? Severo salió del coche y miró alrededor. Tal vez la gente de la tienda podría decirle algo.

Cuando abrió la puerta, sonó una anticuada campanilla, pero allí no había nadie.

–¿Hola? –Severo miró las paredes pintadas de color pastel. No era una tienda grande, pero sí agradable e imaginativa. Sonriendo, se acercó a un maniquí que llevaba un delicado camisón victoriano–. ¿No hay nadie? –volvió a llamar, impaciente.

Esa vez le pareció escuchar una respuesta en la trastienda y luego el eco de unos pasos. Los propietarios de aquel sitio deberían revisar su sistema de seguridad, pensó. Cualquiera podría llevarse lo que quisiera.

–Siento haberle hecho esperar, pero… –Neve

no terminó la frase al ver quién era el cliente y los bolsos que llevaba en la mano se le cayeron al suelo.

Aquello no podía estar pasando, pero así era. Severo estaba allí, en su tienda.

Neve tuvo que contener un suspiro de anhelo. Tan guapo, tan viril y tan atractivo como antes. Pero parecía tan sorprendido como ella. ¿Por qué? No podía haber ido a su tienda por casualidad, debía saber que ella estaba allí.

—¿Por qué?

Severo no contestó, mirándolo con un brillo de furia en los ojos.

—¿Qué es este sitio?

—Una tienda, evidentemente.

—Ah, una tienda —dijo él, irónico, mirando alrededor.

Estaba guapísimo con aquel traje de chaqueta, pensó Neve. Pero seguía siendo un mentiroso, se recordó a sí misma.

—Estaba a punto de cerrar.

—Pues hazlo entonces —dijo él, apoyándose en el mostrador.

Si quería ponerla nerviosa, lo estaba consiguiendo, pero Neve intentó disimular.

—¿Qué haces aquí, Severo?

En su tienda, su refugio. No tenía suficiente con invadir sus pensamientos y sus sueños, ahora estaba allí, en carne y hueso.

No podía escapar de aquel maldito hombre.

Porque era un canalla, pero seguía siendo el hombre más atractivo del mundo.

–¿Qué haces tú aquí? –replicó Severo.

–Shirley suele trabajar por las mañanas, pero hoy tenía que ir al dentista.

–¿Estás intentando hacerte la graciosa?

–No.

–Lo que quiero decir es qué haces en este sitio.

–Trabajar –contestó ella. Para ser un hombre tan inteligente parecía tonto–. Es mi tienda.

No sería mucho para él, pero de adolescente le había parecido un sueño imposible. Le había confiado su sueño a James y él le había dicho que todos los sueños eran imposibles hasta que uno intentaba hacerlos realidad.

Sabiendo que no tenía experiencia, y esperando compensar eso con su entusiasmo, había seguido su consejo. Empezó por una página web en la que vendía ropa vintage y accesorios, pero la demanda fue tanta, que seis meses más tarde había podido alquilar el local.

–*Per amore di Dio!* –exclamó Severo–. No estoy de humor para bromas.

–No es una broma –dijo ella, intentando controlar el anhelo de estar en sus brazos otra vez. Estaba casado, no debería sentir eso.

–¿Esta tienda es tuya?

–Sí.

–¿Y ganas dinero con ella?

Neve esbozó una sonrisa.

–Ah, había olvidado que eres un modelo de tacto. Qué pregunta tan apropiada –replicó, irónica–. El estilo no tiene nada que ver con el dinero, pero la verdad es que nos va muy bien.

–No pretendía insultarte –se defendió él.

Aunque no entendía nada. Si James Macleod le había dejado dinero, ¿por qué trabajaba en una tienda?

Tal vez no pretendía insultarla, como no había intentado que se enamorase de él, pero lo había conseguido.

Neve se llevó una mano al corazón. Lo había admitido: estaba enamorada de él.

Pero eso no podía ser. Uno no podía enamorarse así, de repente. Por supuesto, era normal sentirse atraído por alguien, pero enamorarse...

Enamorarse era tan importante, que no podía ocurrir por algo tan arbitrario como una simple atracción sexual. Ella nunca había sentido ninguna simpatía por la gente que usaba el amor como una excusa para aprovecharse de otra persona. El amor no era excusa para todo.

Pero lo que sentía por Severo...

Al verla tan pálida, él dio un paso adelante. Las mujeres embarazadas se desmayaban, ¿no? Pero cuando miró su abdomen vio que seguía siendo plano, no parecía embarazada.

–Deberías sentarte un momento.

Ella lo miró, recelosa. Casi podría creer que sabía lo de su embarazo, pero era imposible.

—No te preocupes, estoy bien.

—¿De verdad la tienda es tuya?

—¿No acabo de decirte que sí? ¿Se puede saber qué te pasa?

—Que estoy sorprendido, eso es lo que me pasa. Tú no necesitas trabajar.

—Pero es que me gusta trabajar —dijo ella.

Los dos se quedaron callados entonces, un silencio cargado de tensión. Neve no quería mirarlo, pero era incapaz de apartar los ojos de su rostro.

—Bueno, ¿vas a decirme qué quieres?

Severo levantó una irónica ceja.

—Información.

Neve se cruzó de brazos.

—La gente suele venir aquí para comprar ropa.

—Pensé que me habían dado una dirección equivocada.

—¿Quién te ha dado la dirección? No, déjalo, no me lo digas. Márchate, Severo.

—¿Esa es manera de tratar a un cliente?

—Tú no eres un cliente.

Severo tomó un jersey de un estante y dejó unos billetes sobre el mostrador.

—Me llevo esto. Y ahora, como cliente, ¿te importaría ser amable conmigo?

—¿Quieres impresionarme con esas tonterías? ¡No quiero tu dinero! —exclamó Neve, tirándole los billetes a la cara.

—*Per amore di Dio!* ¿No podemos hablar como dos personas normales?

–¡Es lo que estoy intentando hacer!

De repente, Severo soltó una carcajada.

–Nunca me habían tirado dinero a la cara.

–Crees que puedes comprarme –dijo Neve.

–¿Por qué iba a querer comprar lo que ya he tenido sin pagar nada? –Severo se sintió avergonzado del comentario incluso antes de haber terminado la frase, y se habría retractado si Neve no hubiera reaccionado dándole una bofetada.

–Dios mío, lo siento…

Severo se tocó la cara, sorprendido.

–No, déjalo, ahora estamos en paz.

–Lo siento, no sé como he podido hacerlo. Yo nunca he pegado a nadie…

En ese momento se abrió la puerta y Neve hizo lo posible por recuperar la compostura.

–Buenos días –saludó a la cliente.

–Buenos días. Mi hija tiene que ir a una fiesta de disfraces de los años veinte y he pensado que aquí…

–Tengo un vestido de charlestón perfecto. No es nuevo, claro, pero….

–Ah, sí, eso estaría bien.

Neve se volvió hacia Severo.

–Siento mucho no tener lo que usted busca. Tal vez en otra ocasión.

Él se dirigió a la puerta, pero en lugar de salir de la tienda se volvió hacia la cliente.

–Lo siento, señora, la tienda está cerrada.

–¿Cómo dice?

—¡No está cerrada! —exclamó Neve.

—Esto es personal, si no le importa...

La mujer miraba de uno a otro, desconcertada. Pero entonces sonrió, como si entendiera.

—No importa, volveré más tarde.

Neve vio, boquiabierta, cómo la mujer salía de la tienda y Severo cerraba con llave.

—Ahora no podrán interrumpirnos.

—¿Cómo te atreves? Esta es mi tienda...

—¿Quieres que discutamos nuestras cosas delante de extraños?

—Tú eres un extraño.

—¿Eso se lo dices a todos los hombres con los que pasas una noche o yo soy especial?

Neve decidió pasar por alto el comentario o acabaría dándole otra bofetada.

—¿De qué quieres hablar?

—Me han contado algo que necesito confirmar y no pienso irme de aquí hasta que lo haya hecho.

—¿Tienes que decirlo todo como si fuera una amenaza? No todo el mundo responde a las tácticas de un matón.

—¿Me estás llamando matón?

—¿Y qué me has llamado tú antes? —exclamó Neve—. Mira, di lo que tengas que decir y márchate.

—¿Hay algún sitio en el que podamos hablar en privado?

—Tú has hecho que este sea un sitio privado.

—¿Estás embarazada?

Había entrado en la tienda sabiendo cuál quería que fuese la respuesta a esa pregunta, pero su actitud había cambiado y casi quería que le dijera que sí. Y no era tan irracional. Algún día necesitaría un heredero, ¿por qué no tener un hijo con Neve?

–Sí –contestó ella.

–¿Y es mío?

Neve asintió con la cabeza. En ninguna de las versiones de la escena, que había imaginado muchas veces, Severo reaccionaba con tal falta de emoción.

–Tal vez deberíamos ir a la trastienda.

Le temblaban tanto las rodillas, que no sabía si podría permanecer de pie mucho más tiempo.

Severo la siguió hasta una habitación pequeña con una mesa de trabajo, un viejo sillón y un montón de cajas, y se cruzó de brazos, esperando.

Neve se dejó caer en el sillón, preguntándose cómo era posible que supiera lo de su embarazo. Ella no se lo había contado a nadie, salvo a Hannah.

–¿Estás segura?

–¡Pues claro que estoy segura!

Nadie podía fingir tal sorpresa, pensó él. Había creído que todo era una trampa, que Neve había convencido a Hannah para que lo llamase, pero su expresión era de total desconcierto.

–Pero no te preocupes, no tengo intención de pedirte absolutamente nada. Nadie tiene por qué saberlo.

–¿Que no me preocupe?

–Bueno, el niño es de los dos, pero yo he decidido tenerlo.

Él se pasó una mano por el pelo.

–¿Es por eso por lo que no pensabas decírmelo?

–Iba a contártelo, pero no ahora mismo.

–¿Pensabas que intentaría presionarte para que no tuvieras el niño?

–No, sí… bueno, la verdad es que no lo sé. La verdad es que no me apetecía discutir contigo. No me encuentro muy bien y…

Severo dijo algo en italiano y no había que ser bilingüe para imaginar que era algo poco agradable.

–Yo nunca haría eso, Neve.

–Ya, pero pensé que no querrías saber nada. A menos que tu mujer sea un persona muy comprensiva…

–¿Qué mujer?

–Por favor… a nadie le gusta que lo pillen en una mentira, pero no tiene sentido negarlo. Te vi con ella.

–Yo no estoy casado. Nunca he estado casado ni comprometido siquiera. No sé por qué crees que estoy casado, no lo entiendo.

Ella lo miró, sorprendida.

–Pero te vi en la puerta de la comisaría con una mujer rubia…

–¿Livia? –exclamó él entonces, con gesto de desprecio–. ¿Creías que Livia era mi mujer?

–Alguien la llamó «señora Constanza».

–Porque se llama así, es la viuda de mi padre. Mi madrastra.

No era su mujer. No era su mujer. Eso era en lo único en lo que Neve podía pensar.

–¿Esa chica tan joven es tu madrastra? Pero si era guapísima…

Capítulo 14

GUAPÍSIMA! –exclamó Severo, desdeñoso–. Se ha operado tanta veces, que ya no se sabe qué rasgos son suyas y cuáles no. Es presumida, egoísta, mentirosa…

Severo miró a Neve entonces. ¿Cómo había podido pensar que se parecía a Livia?

–Veo que no os lleváis bien.

–Esa mujer mató a mi padre mucho antes de que muriese. Tuvo montones de aventuras, que ni siquiera se molestaba en esconder, y cada vez que volvía, mi padre la perdonaba. Yo solía despreciarlo por creer en sus promesas, pero ahora me doy cuenta de que no era así, solo fingía creerla porque Livia era como una droga para él.

–Debió de ser horrible para ti –dijo Neve.

Y era lógico que después de presenciar tales escenas, no se hubiera casado.

–Pero tú pensaste que te había mentido, que me había acostado contigo estando casado.

–Sí.

–Ah, ahora entiendo la bofetada –Severo levantó una mano para tocar su cara.

–¿Vas a decirme cómo te has enterado?

–Recibí una llamada de tu hijastra.

–¡Hannah! ¿Y por qué haría eso?

–Parecía muy preocupada por ti. Me dijo que estabas enferma y que le daba miedo dejarte sola.

Y entendía por qué. Neve no era en absoluto la monstruosa devorahombres que él había querido imaginar. Era una imagen que había inventado y que se había destruido en cuanto volvió a verla. Aquella chica no le haría daño a nadie.

Severo recordó lo que le había dicho en la carretera: que quería creer lo que contaban los periodistas porque tenía miedo a comprometerse.

Entonces pensó que era absurdo, pero... ¿no había una parte de verdad en esa acusación?

Él se enorgullecía de ser objetivo. ¿Por qué no había sopesado la posibilidad de que Neve estuviera diciendo la verdad?

¿Por qué se había negado a creer que era una víctima inocente de los pocos escrupulosos periodistas, que inventarían cualquier cosa con tal de vender una historia?

–Le dije a Hannah que estoy bien y estoy bien.

–¿Te has mirado al espejo? Estas pálida como un cadáver.

Neve hizo una mueca. Nada animaba tanto a una mujer como que un hombre guapísimo le dijera que estaba hecha un adefesio.

–No tiene importancia, estoy bien.

–Y veo que tu relación con Hannah ha mejorado.

–Bueno, tenemos una especie de pacto. Las dos odiamos a los hombres.

Severo sonrió.

–¿Sin excepciones?

–Tenemos unos criterios muy estrictos para elegir a los buenos, así que son muy pocos.

Severo no se molestó en preguntar en qué grupo lo había incluido a él, pero sospechaba que debía estar cerca de los asesinos.

–Si me dices una fecha que te venga bien, empezaré a encargarme del papeleo.

–¿Una fecha para qué?

–Para la boda. No sé si eres religiosa…

Neve se levantó de un salto.

–¡Espera un momento! ¿De qué estás hablando?

–Vamos a tener un hijo y yo no soy un hombre que huya de sus responsabilidades.

Neve no salía de su asombro. ¿Y no se le había ocurrido pensar que ella no quería ser una de sus responsabilidades?

–Mira, te lo agradezco, pero ya tuve un matrimonio de conveniencia y, aunque no lo lamento porque James era una persona maravillosa, esta vez no estoy dispuesta a conformarme.

–¿Conformarte? ¿Crees que casarte conmigo sería conformarte?

–Siento mucho si eso te ofende, pero así es.

–No creo que lo sientas –replicó Severo–. Creo que intentas ofenderme a propósito.

–No digas tonterías.

–La mayoría de las mujeres no dirían que casarse con alguien que puede darles todos los caprichos es conformarse.

–Y muchas otras dirían que hablas de las mujeres como si fueran niñas pequeñas –replicó ella–. Además, yo no estoy buscando un marido rico y no soy un problema que tú puedas resolver con dinero.

Severo la miró, frustrado.

–No estoy intentando comprarte, solo quiero cuidar de ti.

–Yo sé cuidar de mí misma, llevo haciéndolo desde que tenía catorce años. Cuando me case, será por amor.

–Pero tú sabes que un niño necesita un padre y una madre. Y sabes que ser padre o madre significa anteponer las necesidades del niño a las tuyas.

–Ah, claro, y si no me caso contigo seré una egoísta, ¿no? Mira, Severo, estamos en el siglo XXI, no hay ningún estigma en ser madre soltera. Una mujer no tiene que casarse porque esté embarazada, especialmente con el primer hombre con el que se ha acostado en toda su vida.

–¿El primer hombre? –repitió él–. ¿Yo fui el primero?

–Sí.

–¿Cómo es posible?

En su opinión, una virgen era tímida y Neve no lo había sido, al contrario. Pero entonces recordó lo estrecha que era y el gemido que dejó escapar la primera vez que…

–Sí, lo sé, suena muy raro pero es verdad. No lo planeé así, sencillamente ocurrió. Mi matrimonio con James solo fue un matrimonio de conveniencia, nunca tuvimos relaciones. Quería alguien de confianza que cuidase de Hannah cuando él muriese…

–Pero era mucho mayor que tú.

–Me lo pidió y tuve que aceptar –Neve suspiró–. James podría haber enviado a mi hermano a la cárcel cuando robó ese dinero en la empresa…

–¡Para, por favor! Empieza por el principio.

Severo tardó varios minutos en entender toda la historia. La historia de una niña de catorce años que había tenido que cuidar no solo de sí misma a tan temprana edad, sino de su hermano.

Y él pensando que lo había pasado mal durante su infancia…

Ahora, cuando por fin Neve era libre, él la había dejado embarazada.

Era lógico que hubiera estado a punto de salir corriendo cuando le dijo que iban a casarse.

Y era virgen cuando se acostaron. Le angustiaba pensar que no había tenido ningún cuidado esa noche, pero lo excitaba saber que él era su único amante. Y que ahora estaba esperando un hijo suyo.

—Haz las maletas, te vienes conmigo.

—¿Perdona?

—No pienso dejarte sola. ¿Quién va a cuidar de ti? Tienes una hijastra adolescente y un hermano que se juega el dinero en el casino…

—Charlie tiene problemas, pero ha cambiado mucho. Ahora tiene un trabajo fijo y…

—Sí, bueno, tu hermano es un ciudadano modelo y tú sabes cuidar de ti misma, muy bien. Pero Hannah no está de acuerdo.

—¿Qué tiene esto que ver con Hannah?

—Neve, tú has tenido que cargar con muchas responsabilidades cuando deberías haber sido una chica joven y despreocupada. ¿Quieres lo mismo para Hannah?

—No, claro que no.

—Entonces, ven conmigo. Mi casa es muy grande, no tendrás que verme si no quieres. Y Hannah puede pasar los fines de semana con nosotros.

Al menos había dejado de hablar de boda.

—Supongo que… tal vez para Hannah…

—Estupendo, te ayudaré a hacer las maletas.

—Puedo hacerlas sola.

Si Neve había tenido alguna duda sobre su decisión, la reacción de Hannah dejó bien claro que había hecho bien.

—Es fantástico. No sabes lo preocupada que estaba. Ahora puedo irme a Brujas con el colegio. Te parece bien, ¿verdad?

—Sí, claro.

—No quería dejarte sola.

Neve volvió al vestíbulo del apartamento, donde esperaba Severo.

—¿Le has dado la noticia?

—Sí, bueno, tenías razón. Se ha alegrado mucho. Aunque no vendrá a casa este fin de semana, se va de viaje con el colegio.

Una vez instalada en el lujoso dúplex de Severo, tenía toda la privacidad que quisiera. Un hecho que no la alegraba tanto como debería.

Estaba deshaciendo la maletas cuando Severo le dijo que se iba de viaje a París y que volvería en unos días.

Evidentemente, nada había cambiado para él. ¿Estaría dispuesto a llegar a compromisos en cuanto a su estilo de vida? Ese era un tema del que tendrían que hablar cuando volviese de París y no era una conversación precisamente agradable. ¿Qué iba a decirle? «¿Preferiría que no trajeras a tus novias a casa mientras yo este aquí?».

Neve aprovechó su ausencia para aclimatarse a su nuevo hogar, dirigido por un ejército de empleados que la trataban con amable deferencia, pero estaba deseando escapar de esa jaula de oro para ir a su tienda.

Dos días después, estaba nadando en la piscina climatizada cuando Severo volvió a casa. Neve oyó un portazo que hizo retumbar los cristales y, un segundo después, él se acercó al borde de la piscina con un ramo de flores en la mano que tiró al agua con rabia.

—¿Son para mí? —le preguntó, con aparente tranquilidad.

—Tú sabes que sí —contestó él, sacando una tarjeta del bolsillo—. *Para Neve, mi único amor. Felicidades, Chaz.*

Neve se acercó a la escalerilla para salir del agua.

—Chaz es Charlie, mi hermano. Imagino que las flores eran para darme la enhorabuena por el embarazo.

—Charlie.

Neve sonrió.

—¿No me digas que estás celoso?

Severo apretó los dientes.

—Mi padre no quería ver las infidelidades de Livia, pero yo no soy mi padre.

—Y yo no soy Livia.

Él salió del recinto de la piscina sin decir una palabra más y debió marcharse a algún sitio porque no apareció en el comedor a la hora de cenar.

Unas horas después, Neve estaba en la cama, tiesa como un palo y con los ojos abiertos.

—Esto es una estupidez —murmuró. Podría esperar para siempre y Severo no iba a decirle «te quiero más que a mi vida».

Tenía que lidiar con la realidad y la realidad era que ella estaba en una habitación deseándolo y

Severo en otra, a unos metros. Alguien tenía que dar el primer paso.

Neve cubrió su cuerpo desnudo con una bata y, después de atarse el cinturón, salió del dormitorio para dirigirse a la zona en la que dormía Severo. La habitación estaba oscura y tragó saliva, acobardada de repente. Tal vez no había sido una buena idea.

–¿Te has perdido?

Esa voz tan viril hizo que se le encogiera el estómago.

–No –Neve parpadeó varias veces cuando se encendió una luz, pero enseguida vio a Severo sentado en la cama. Parecía llevar puesto menos que ella y eso era decir mucho.

Sin decir una palabra, él apartó el edredón y le hizo un gesto para que se acercase. Y Neve lo hizo, desabrochando el cinturón de la bata y dejando que se deslizase por sus hombros.

–Te sientes sola, *cara*.

–No tienes ni idea –murmuró ella, tumbándose a su lado.

–Creo que sí –Severo puso una mano en su abdomen, con tanto cuidado como si fuera a romperse–. ¿Podemos…?

Neve sujetó su mano, su torpeza haciéndola sonreír.

–Claro que podemos.

–No te he preguntado si estás contenta con el embarazo. Sé que esto es algo que no habíamos planeado, pero…

–Espero hacerlo bien. Con Hannah me ha costado mucho y me da un poco de miedo no ser una buena madre.

Severo acarició su cara con expresión tierna.

–Serás una madre maravillosa.

–¿De verdad lo crees?

–Estoy seguro –afirmó él–. Lo único que un niño necesita es saberse querido. El resto lo aprenderemos poco a poco y yo sé, *cara*, que aprendes muy rápido.

–Y tú eres un buen profesor.

La invitación que había en sus ojos le robó el aliento.

Severo temblaba mientras se colocaba encima de ella y verlo estremecido excitó a Neve más que nunca.

–Esta vez –le prometió él– será especial. Y no te haré daño.

–También fue especial las otras veces. Y no me hiciste daño esa noche.

La hizo llorar, pero no esa noche sino por la mañana, cuando entró en su habitación y la encontró llena de flores. Estaban por todas partes, sobre la mesilla, sobre la cómoda, llenando la habitación con su perfume.

Había flores, pero no había una nota y Neve quiso pensar que los hechos hablaban mejor que las palabras.

Capítulo 15

NEVE estaba sacando unas cajas del coche cuando sonó su móvil y, creyendo que era Severo, las soltó a toda prisa. Claro que si la pillaba cargando con cajas insistiría en ponerle un guardaespaldas, pensó, con una sonrisa en los labios.

Se mostraba ridículamente protector, pero también más bien práctico. Por ejemplo, sujetando su cabeza cuando vomitaba por las mañanas.

Cuando miró la pantalla del móvil, comprobó que no era Severo, sino Hannah y frunció el ceño, sorprendida.

—¿Qué ocurre, Hannah?

—¿Los has visto, Neve?

—¿A qué te refieres?

—A los titulares de los periódicos.

—¿Qué periódicos?

—Todos ellos, creo —contestó Hannah—. Pero está claro que no los has visto o sabrías a qué me refiero.

—¿Vas a decirme de qué hablas?

—De Severo. Dicen que ha perdido todo su dinero.

–¿Qué? Pero eso no es posible…

–Eso es los que dicen muchos periódicos –la interrumpió Hannah–. No pueden asociar el fracaso con Severo Constanza, pero otros dicen que donde hay humo hay fuego.

Neve apretó los puños.

–¿Quieres decir que es un rumor?

Aunque lo fuera, ella sabía bien que los rumores podían destruir una reputación, una vida entera.

–Oye, no te enfades conmigo. Como te ha pedido que te cases con él, he pensado que deberías saberlo.

–Dios mío, ¿cómo estará Severo? Debe estar destrozado. Su trabajo es toda su vida, Hannah.

No le pediría ayuda a nadie, seguro. ¿Y quién querría ayudarlo ahora? Imaginarlo solo, angustiado, le rompía el corazón. Claro que seguramente saldría del apuro, se dijo. Severo era uno de los empresarios más sólidos de Inglaterra, pero…

Estaba convencida de que no le pediría ayuda a nadie. No, Severo era un hombre muy orgulloso.

–Hablaremos más tarde, Hannah. Y no te preocupes, todo se solucionará –le dijo, antes de guardar el móvil en el bolsillo–. Shirley, ¿te importa llevar estas cajas a la trastienda? Tengo que irme urgentemente.

Quince minutos después, mientras estaba parada en un semáforo, tuvo una inspiración.

Tal vez podía hacer algo más que ofrecerle

apoyo moral. Casi había olvidado el dinero que James le había dejado en su testamento.

—¡Soy rica! —gritó alegremente.

Neve giró a la derecha para dirigirse al bufete de abogados que se había encargado del testamento de James y, una vez en el despacho, preguntó directamente:

—¿Cuánto dinero me dejó mi marido?

Tras la lectura del testamento, Neve había sido muy clara: no quería el dinero. En su opinión no era suyo y podían dárselo a una organización benéfica.

El abogado le había suplicado que no tomase una decisión de tal calibre sin pensarlo muy bien, sugiriendo que diese el diez por ciento a obras benéficas y revisara la situación un año más tarde.

—Puede que entonces piense de otra manera.

Y había tenido razón.

—Incluyendo la propiedad en Francia… déjeme ver…

El hombre mencionó una cifra que dejó a Neve boquiabierta.

—No tenía ni idea —admitió—. ¿Cuánto tengo en efectivo, en metálico? No en bonos ni en propiedades.

—¿Está pensando comprar algo?

—No, más bien quiero hacer una inversión.

—Tendría que revisar las cifras y ver si hay algo que se pueda vender inmediatamente… ¿le parece que nos veamos el lunes?

—¿No puede decírmelo ahora mismo?

Media hora después, armada con la información que necesitaba, Neve entraba en el vestíbulo del edificio Constanza, parándose solo para gritar: ¡Buitres! a los paparazis que estaban apostados en la puerta.

—Sencillamente, no entiendo de dónde ha salido ese bulo de la crisis. No hay ninguna crisis —estaba diciendo uno de sus ejecutivos en la sala de juntas.

Severo se echó hacia atrás en el sillón mientras todos hablaban a la vez. Él sabía perfectamente de dónde había salido: Livia. Su madrastra había aparecido en su casa unos días antes exigiendo dinero y, para librarse de ella, le dijo que «buscase otro banco porque sus cofres estaban vacíos».

Había olvidado la conversación hasta que leyó el periódico esa mañana, pero debería haberlo imaginado. Livia se tomaba siempre las cosas literalmente, pero también era muy práctica, pensó. En el mismo periódico aparecía el anuncio de su compromiso con un banquero, un hombre de mediana edad que ya había estado casado cuatro veces. Sí, estaban hechos el uno para el otro, desde luego.

—En el periódico dicen: una fuente cercana a la familia.

Severo dejó el bolígrafo con el que estaba jugando y respondió a las miradas interrogantes encogiéndose de hombros.

–El mercado está muy nervioso –insistió el jefe del departamento de inversiones.

–El mercado no está nervioso –lo contradijo un colega–. Está aterrorizado. Tenemos que enviar un comunicado de prensa inmediatamente.

Al principio divertido con la conversación, Severo empezaba a enfadarse por el nivel de histeria de sus jefes de departamento. Normalmente, él animaba los debates, pero aquello era absurdo.

–No vamos a hacer nada. Ni negaremos ni confirmaremos el asunto, seguiremos trabajado como si no pasara nada –anunció a su horrorizada audiencia.

El instinto le decía que sería un error entrar en esa batalla con la prensa. Enviar un comunicado solo serviría para que aumentasen las dudas.

Ciertas situaciones exigían que se involucrase personalmente, pero no aquella. Neve, sin embargo...

Darle espacio para respirar y llegar a sus propias conclusiones había sido un error. Para empezar, no había garantía de que se casara con él y ese no era un riesgo que quisiera correr. No, aquella no era una situación que requiriese sentarse a esperar.

Era hora de cambiar del ritmo de la relación.

–Sé que el valor de las acciones ha bajado, Andrew. Pero cuando la histeria desaparezca, y lo hará, recuperaremos las pérdidas. Esta empresa no es un castillo de naipes. Y ahora, si me perdonáis, tengo algo muy urgente que atender...

Entendía las caras de sorpresa de su equipo. Unas semanas antes, nada hubiera sido más urgente que su empresa. Y le importaba, por supuesto, pero sus prioridades habían sufrido un cambio desde que supo que Neve estaba embarazada. Ahora lo más urgente era tener a su lado a la mujer que estaba esperando un hijo suyo y no solo una noche sino de manera permanente.

Tenía que convencerla para que se casara con él.

¿Pero y si no entraba en razón? No, eso no iba a pasar, él no dejaría que pasara. Cuando se marcaba un objetivo no paraba hasta conseguirlo. Algunas personas dirían que era implacable, él lo llamaba estar centrado.

¿Qué hombre no querría estar al lado de su hijo día y noche? ¿Qué hombre no querría compartir su vida con a mujer de la que estaba…?

Severo se levantó de un salto y sus ejecutivos vieron, consternados, que salía de la sala de juntas sin decir una palabra.

Acababa de entrar en su despacho cuando su secretaria lo llamó por el intercomunicador.

—La señora Macleod está aquí, señor Constanza. Le he dicho que no podía verla ahora mismo…

—Dile que entre —la interrumpió Severo.

Neve llevaba un cárdigan de color naranja y una falda con tulipanes. Y cuando entró en su despacho llevó con ella un aroma a rosas. Tenía los ojos brillantes y las mejillas enrojecidas, como si hubiera ido corriendo.

De repente, Severo experimentó un anhelo extraño. La deseaba como no había deseado nunca a una mujer, la quería entre sus brazos, quería devorar su boca.

¿Cómo podía estar enamorado y no haberse dado cuenta?

Entonces recordó una escena del pasado:

–¿Por qué vuelves con ella, papá?

Su padre se había encogido de hombros.

–Porque la quiero.

–¿Qué es el amor?

–Un salto de fe.

Eso era lo que le había dicho su padre. Y tal vez por eso él había querido ser racional y evitar las relaciones sentimentales que te hacían perder la cabeza. Pero ahora se daba cuenta de que no había sido racional, en realidad había sido un cobarde.

Le asustaba dar ese salto de fe del que hablaba su padre…

Pero, por primera vez, pensó en él y no sintió resentimiento, sino compasión. Qué diferente habría sido su vida si ese salto de fe lo hubiera llevado a los brazos de una mujer como Neve.

¿Pero cuántos hombres tenían la suerte de encontrar a una mujer como Neve?

Severo dejó escapar un suspiro. Él había estado a punto de perderla como un idiota. Pero tenía una

segunda oportunidad y no estaba dispuesto a desa-
provecharla.

–¡Qué sorpresa! –dijo Severo, levantándose del
sillón.

Neve dio uno paso adelante. Como siempre, su
expresión era indescifrable. Seguía siendo el hombre más sexy del planeta, ¿pero qué había detrás
de esos ojos oscuros?

Parecía tranquilo, incluso arrogante, pero podía
ver unas líneas de preocupación a cada lado de su
boca. Le gustaría abrazarlo, pero sabía que él no
lo agradecería. Tenía que ir con cuidado para no
herir su orgullo masculino. Si Severo interpretaba
lo que iba a hacer como un gesto de compasión, su
brillante plan no serviría de nada.

–Pasaba por aquí, ¿te lo puedes creer?

–Francamente, no –respondió él.

Neve se aclaró la garganta.

–He leído en algún sitio que es buena idea elegir tu campo de batalla y había pensado esperar
hasta que estuviéramos en la cama, pero aquí hay
más espacio.

–¿Y qué tenías en mente? –preguntó él.

Lo del espacio estaba bien, pero no le importaría meterse en un armario si Neve estaba a su
lado.

–En realidad… –ella vio el brillo de sus ojos
entonces–. ¡No me refiero a eso!

–¿Ah, no?

–Mira, sé que ahora mismo debes estar muy ocupado y puede que no sea el mejor momento.

Severo entendió entonces por qué estaba allí. Le gustaría creer que había ido a decirle que no podía vivir sin él, pero estaba claro que había leído los periódicos. Y tal vez pensaba que no iba a poder darle la lujosa vida que le había prometido.

Podría verlo con cinismo, pero resultaba imposible criticarla. El hombre que había prometido cuidar de su hijo debería estar en posición de hacerlo.

–Parece que has leído los periódicos.

–No, pero Hannah me ha llamado por teléfono para contármelo –Neve observó su expresión seria, intentando contener el deseo de abrazarlo–. ¿Entonces es verdad?

–Parece que no soy tan buen partido como esta mañana.

–¿Porque estás en la ruina? –Neve soltó una carcajada.

–¿Te divierte? ¿Has venido a echar sal en la herida?

–No, por favor. Pero tú no puedes creer que una mujer querría ver tu cuenta bancaria. No creo que eso te hiciera falta.

–Imagino que eso dependerá de la mujer, *cara*.

Parecía tan triste, que Neve dio un paso adelante.

–Severo…

–Si no has venido a echar sal en la herida, ¿a qué has venido?

Ella respiró profundamente, mirando alrededor.

–Es un despacho muy bonito.

–Y también tengo bonitos cuadros, pero imagino que no habrás venido para hablar de decoración.

–Mira, sé que tal vez no quieras oír esto, pero es cierto que el dinero no da la felicidad.

–Eso dicen –murmuró Severo. Pero la falta de dinero a menudo provocaba mucha infelicidad–. También he oído que los mansos heredarán la tierra, pero no creo que eso vaya a ocurrir.

–Qué cínico eres.

–Sí, lo soy. Pero tú también deberías serlo. En mi opinión, es mejor que pensar siempre bien de los demás.

Y Neve siempre pensaba bien de los demás. En realidad, le asombraba haberla comparado alguna vez con Livia. Las dos mujeres eran polos opuestos.

–No estoy dispuesta a cambiar.

–¿Por qué será que no me sorprende?

–No soy tonta, Severo. No digo que no esté bien tener dinero y poder comprar cosas, pero James era rico y el dinero no logró salvarlo.

–¿Lo echas de menos? –Severo experimentó una punzada de emoción que se negaba a llamar celos.

Ella sacudió la cabeza, incrédula.

–No sé si servirá de algo –le dijo, sacando un sobre del bolso–. Pero si lo quieres, es tuyo.

Severo miró el sobre y sacudió la cabeza, perplejo.

–¿Qué es?

–Yo no voy a usarlo nunca y creo que a ti te vendría bien. Venga, ábrelo.

Severo abrió el sobre y leyó el documento que había en su interior. Y luego, sin mirarla, volvió a doblar el papel y lo guardó de nuevo.

–¿Qué te parece?

Pocas cosas sorprendían a Severo, pero aquella cifra le había dejado perplejo.

–Parece que eres una mujer muy rica.

Si Neve aceptaba casarse con él no sería por dinero.

–Sí, lo sé –asintió ella, haciendo un gesto impaciente con la mano–. ¿Pero te vendría bien?

–¿A mí?

–¿Ese dinero te vendría bien?

Severo entendió entonces y, atónito, tuvo que tragar saliva.

–¿Quieres darme tu dinero?

–Bueno, no es mío. Lo heredé de James.

–¿Quiere darme ese dinero para salvarme de mi incompetencia?

–Tú no eres incompetente –protestó Neve–. Así que no me vengas ahora haciéndote el ofendido porque no siento ninguna compasión por ti.

Severo no sabía qué decir. Y pensar que la había creído una cazafortunas lo avergonzaba como nunca.

No merecía el amor de aquella mujer, pero sería el hombre más afortunado del mundo si Neve lo quisiera.

–Legalmente el dinero es mío, por supuesto, pero la verdad es que no me interesa. Le dije a James que no quería nada, pero él no me hizo caso.

–Neve…

–No sé hasta qué punto tienes problemas económicos, pero tal vez ese dinero te ayude. Aunque estoy segura de que pronto te recuperarás…

Severo la miraba con una expresión tan extraña, que Neve dejó la frase sin terminar.

–¿Crees que puedo recuperarme?

–Pues claro que sí, estoy segura de que puedes conseguir todo lo que quieras.

–Ojalá sea cierto –murmuró él–. Pero me parece que no has pensado bien eso de darme el dinero, cara.

–Si lo prefieres, podríamos considerarlo un préstamo. ¿Vas a aceptarlo o no?

Severo negó con la cabeza.

–Si lo hiciera, la gente diría que me he casado contigo por el dinero.

–Pero no vamos a casarnos.

–¿Porque soy un fracasado?

–¡Si sigues diciendo tonterías, acabaré por darte otra bofetada!

Severo soltó una carcajada.

–Te creo.

–Puedes pagarme cuando todo se solucione – insistió ella–. Con intereses si te parece y…

Él salió de detrás del escritorio y la tomó por la cintura, apretándola contra su pecho.

–Cállate para que pueda besarte.

¿Callarse? Se había derretido al sentir el roce de sus manos. Neve le echó los brazos al cuello y suspiró mientras la besaba, respondiendo con entusiasmo a la presión de sus labios.

–Lo necesitaba –dijo Severo unos segundos después, tomando su cara entre las manos–. Lo necesitaba de verdad.

–Besas muy bien –murmuró ella. En realidad, hacía bien muchas otras cosas.

–Gracias, *cara mia*.

–Pero no voy a casarme contigo –se apresuró a decir Neve.

Severo intentó disimular su frustración detrás de una sonrisa.

–¿Quieres casarte con un hombre que bese mal?

–No digas tonterías –Neve intentó apartar las manos de su cintura, pero Severo tiró de una de ellas para llevársela a los labios–. No es una broma, lo digo en serio.

–Y yo no me estoy riendo.

No, la miraba con tal intensidad que Neve apenas podía recordar por qué no podía casarse con él.

«Porque no te quiere».

Ah, era eso, claro.

–Entiendo lo que sientes ahora que vas a ser padre y tienes razón al decir que un niño necesita un padre y una madre, pero yo no puedo... sencillamente no puedo conformarme con otro matrimonio sin amor.

Severo tiró de su mano para apretarla contra su torso; su masculinidad abrumadora, embriagadora y peligrosamente adictiva.

Incapaz de resistirse a la tentación, Neve apoyó la cara en su pecho y cerró los ojos un momento.

–¿Casarte conmigo sería conformarte? Ese no es un término con el que yo esté muy familiarizado. Si no recuerdo mal, me has dicho varias veces que era el mejor.

Ella echó hacia atrás la cabeza para mirarlo a los ojos.

–Eres el mejor, pero esto no tiene nada que ver con el sexo. En realidad, yo no soy una persona muy fogosa.

Tan solemne declaración hizo reír a Severo.

–No lo dirás en serio.

–Pues claro que sí. O no lo había sido hasta que te conocí, pero eso no es importante. No tienes que casarte conmigo para tenerme en tu cama.

Aunque dormían juntos todas las noches, no estar casados le ofrecía la ilusión de ser libre... pero si era sincera consigo misma debía reconocer que esa era una libertad que ya no quería.

–¿Estás ofreciéndote a ser mi amante en lugar de mi mujer?

–¿No es eso lo que soy? Tú solo quieres casarte conmigo por el niño.

–Neve...

–No, lo siento. Ya tuve un matrimonio de conveniencia y no estoy dispuesta a pasar por eso otra vez. Puede que me consideres egoísta, pero...

–Tú no eres egoísta, *cara*. Eres muy inocente. Y el mundo es un sitio muy peligroso para los inocentes.

Severo acarició su pelo y, al hacerlo, experimentó una oleada de amor tan intensa, que se sintió sobrecogido.

–Necesitas que alguien cuide de ti.

–Es muy bonito, pero no tienes que decirme esas cosas. Ya encontraremos alguna forma de hacer que esto funcione...

–¿Si acepto el dinero te casarás conmigo?

–No, puedes quedarte con el dinero, no tiene nada que ver.

–No necesito ese dinero, te necesito a ti.

Neve cerró los ojos, deseando con todo su corazón poder creerlo.

–Y yo necesito casarme por amor.

–Entonces, hazlo.

Ella lo miró, desconcertada.

–¿Cómo voy a hacer eso? –murmuró, sin atreverse a creer lo que veía en sus ojos.

–Cásate conmigo, Neve. Cásate conmigo porque te quiero.

Ella sacudió la cabeza, incrédula.

–No es verdad.

–Es imposible no quererte –dijo Severo–. Yo me enorgullecía de no necesitar a ninguna mujer, pero te necesito a ti, solo a ti. Y no solo en mi cama, sino en mi vida. Necesito que sea tu cara lo último que vea por la noche y lo primero que vea por la maña-na. Necesito escuchar tu voz, tu risa, te necesito en mi vida y por eso te pido que te cases conmigo.

El discurso había sido tan sentido, tan sincero, que Neve no tuvo dudas.

–Sí, me casare contigo –anunció, echándole los brazos al cuello.

Cuando se separaron unos minutos después, Severo la miró a los ojos.

–Creo que deberíamos empezar otra vez, sin mentiras. Esos rumores de los periódicos…

–El dinero no me importa, de verdad.

–Ya lo sé, pero tengo que confesarte algo, *cara mia*: los rumores que han publicado los periódicos son falsos. Mi empresa no tiene dificultades.

–¿Entonces no estás en la ruina?

–No, no lo estoy.

–¿Y no necesitas el dinero?

–Lo único que necesito es que te cases conmi-go, Neve.

–Ya sabes que yo quiero lo mismo.

–Intuyo que sí, pero no estaría mal que me lo demostrases.

Neve no tenía el menor inconveniente, ninguno en absoluto.

Bianca

Se vio obligada a aceptar un trato matrimonial con aquel despiadado italiano...

PADRE POR CONTRATO

JANE PORTER

Mientras criaba al hijo que le había dejado su hermana al morir, Rachel Bern estaba desesperada y sin dinero. Como la familia del padre del niño no había hecho caso de sus intentos de contactar con ella, no tuvo otro remedio que ir a Venecia a hablar con los Marcello.

Haber perdido a su hermano había dejado destrozado a Giovanni Marcello. La aparición de Rachel con su supuesto sobrino le cayó como una bomba y creyó que ella tenía motivos ocultos para estar allí. Besarla serviría para revelar el engaño, pero la apasionada química que había entre ambos hizo que Gio volviera a examinar la situación.

Quiso imponer un elevado precio por reconocer a su sobrino, pero Rachel no pudo evitar sucumbir a sus exigencias, aunque supusiera recorrer el camino hasta el altar.

¡YA EN TU PUNTO DE VENTA!

Acepte 2 de nuestras mejores novelas de amor GRATIS

¡Y reciba un regalo sorpresa!

Oferta especial de tiempo limitado

Rellene el cupón y envíelo a
Harlequin Reader Service®
3010 Walden Ave.
P.O. Box 1867
Buffalo, N.Y. 14240-1867

¡Si! Por favor, envíenme 2 novelas de amor de Harlequin (1 Bianca® y 1 Deseo®) gratis, más el regalo sorpresa. Luego remítanme 4 novelas nuevas todos los meses, las cuales recibiré mucho antes de que aparezcan en librerías, y factúrenme al bajo precio de $3,24 cada una, más $0,25 por envío e impuesto de ventas, si corresponde*. Este es el precio total, y es un ahorro de casi el 20% sobre el precio de portada. ¡Una oferta excelente! Entiendo que el hecho de aceptar estos libros y el regalo no me obliga en forma alguna a la compra de libros adicionales. Y también que puedo devolver cualquier envío y cancelar en cualquier momento. Aún si decido no comprar ningún otro libro de Harlequin, los 2 libros gratis y el regalo sorpresa son míos para siempre.

416 LBN DU7N

Nombre y apellido   (Por favor, letra de molde)

Dirección   Apartamento No.

Ciudad   Estado   Zona postal

Esta oferta se limita a un pedido por hogar y no está disponible para los subscriptores actuales de Deseo® y Bianca®.
*Los términos y precios quedan sujetos a cambios sin aviso previo.
Impuestos de ventas aplican en N.Y.

SPN-03   ©2003 Harlequin Enterprises Limited

Nunca un romance fingido había resultado tan real

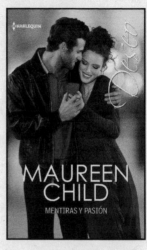

MENTIRAS
Y PASIÓN
MAUREEN CHILD

Micah Hunter era un escritor de éxito que llevaba una vida nómada, aunque se había instalado de manera temporal en un pequeño pueblo para realizar una investigación. No contaba con que la dueña de la casa lo iba a sacar de su aislamiento, pero Kelly Flynn era tan distinta a otras mujeres que Micah quería conocerla a fondo.

Ella necesitaba su ayuda. Le pidió que fingiese ser su prometido para tranquilizar a su abuela. Y él decidió aprovechar la oportunidad. Hasta que a fuerza de actuar como si estuviesen enamorados empezaron a sentir más de lo planeado.

¡YA EN TU PUNTO DE VENTA!

Bianca

De ninguna manera iba a llevar su anillo…

DESEO DESATADO

MELANIE MILBURNE

El conocido playboy Loukas Kyprianos no conseguía olvidar su noche con la dulce e inocente Emily Seymour. Pero cuando llegó a Londres para ofrecerle una relación pasajera, descubrió que su noche de pasión había tenido consecuencias…. ¡Emily estaba embarazada!

A pesar de su maravillosa noche juntos, Emily sabía que Loukas no podía proporcionarle el cuento de hadas con el que siempre había soñado… Cuando él insistió en que se casaran, accedió solo por el bien de su hijo. Pero pasar tiempo juntos avivó el deseo que sentían el uno por el otro, y cuando la actitud protectora del irresistible griego se transformó en seducción, Emily no tardó en sucumbir a sus caricias.

6

¡YA EN TU PUNTO DE VENTA!